紘源先生雅正

隱地

二〇一九年
月七日

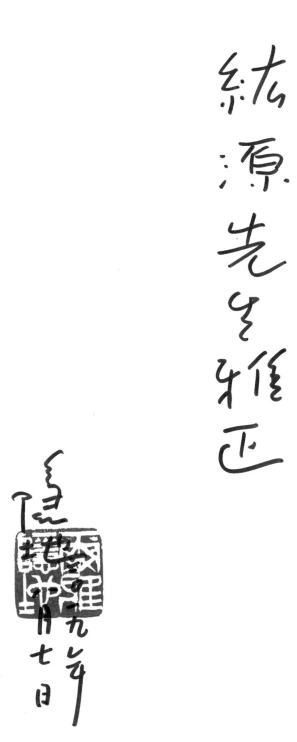

隱地對照記
美夢成真

序詩

一整座海洋的寂寞

日月星辰
你們都在天上
可以自由旅行
還有彩虹陪伴
我啊　為何只有我要孤守一方？

所以　有時我暴怒
人們嚇著了　為我取名海嘯

我不寂靜　我是寂寞
而且我恨
那個叫水的傢伙
永遠纏繞著我
自己一生潮濕

美夢成真
——對照記

隱地

輯三　在記憶與真相之間

輯四　在理想與現實之間

輯一

在追逐與放棄之間

《文訊》401 期「我們的文學夢」系列講座為隱地所拍的預告影象（翁國鈞攝）。

從數學白痴到文學記錄者

——文壇風雲時代的見證人

人生的十張紙

我是三〇年代出生的人，說起三〇年代大家馬上想到的就是魯迅（一八八一—一九三六）、胡適（一八九一—一九六二）、徐志摩（一八九七—一九三一）、朱自清（一八九八—一九四八）、老舍（一八九九—一九六六）等人。這些文人大多年紀很輕就過世了，像老舍活到六十七歲、徐志摩三十四歲、朱自清五十歲，就連魯迅那麼重要的人也才活到五十五歲。當我們看到這些文壇上的風雲人物生命那麼短暫，回想自己的年齡已經超越他們三分之一，甚至一倍，你說感不感恩?其實光是我們今天能夠來演講、聽演講，就已經很值得感謝老天了。來之前，我當然要備課，發現自己整個人生不過是十張紙。所謂十張紙，每一張大概代表了十年人生，我的最後一張紙還是空白的，要看老天讓不讓我繼續活下去、寫下去。

我的第一張紙從我出生的一九三七年開始，結束在我三歲那一年。那幾年我在蘇州和上海這兩個空間裡生活，因我母親是蘇州人，父親是浙江永嘉人，兩人在上海遇見了彼此。上海是個非常先進的城市，在三〇年代就有電梯，他們的戀愛故事就是在電梯展開的。當時他們在不同的樓層工作，每天搭電梯上上下下都會注意對方，這樣眼來看去一段日子，這世界上就有了我。

我的第二張紙，是從三到十二歲，時間進入了四〇年代。四〇年代是所謂上海「敵偽時期」，那個時代最有名的是周璇的流行歌曲。像是〈天涯歌女〉、〈兩條路上〉、〈小小洞房〉等等，這些四〇年代的流行歌一直流行到八〇年代，這幾年才逐漸少聽到。我現在覺得比較有意思的，是周璇一首叫〈討厭的早晨〉的歌，歌詞說：

> 糞車是我們的報曉雞，多少的聲音都跟著它起。前門叫買菜，後門叫買米，哭聲震天是二房東的小弟弟，雙腳亂跳是三層樓的小東西。只有賣報的呼聲比較有書卷氣，煤球煙薰得眼昏迷，這是廚房裡的開鑼戲……

這就是四〇年代上海的一天，早上一開始就是臭氣熏天的糞車滿街跑。這其實也是臺北的五〇年代，我剛來臺北的時候就常見到這種場景：糞車拉著大管子到每家每戶去抽糞水，每個經過的人都掩著鼻子走。現在年輕朋友大概很難想像當年臺北及臺灣鄉下貧窮落伍的樣子，不過這都是我們父母曾經走過的路。

四○年代是我受苦的年代。因我父親是個老實人，要在上海這座大城市裡生活下去太不容易了，父母把我照顧到七歲就沒有能力撫養我，決定把我送到崑山去。崑山現在是臺商雲集之處，但我當年去的是崑山很偏僻的鄉下地方，是個只有十三戶人家的小村莊，這十三戶人家裡沒有一家有人識字。父親跟他們說好每年付多少擔米，就把我寄養在那裡。說來也滿扯的，父母將我送過去後，就不見了整整三年的時間。

父親是之江大學英文系畢業的，說起來還是琦君的學長。後來他有個在臺灣北一女教書的同學生病了，那個年代英文老師很少，學校找不到能代課的人，就打電報到上海找父親來幫忙。父親一來代課就待了下來，從此留在臺灣。那是民國三十五年的事，隔年母親說大陸還有個小孩，逼著他把我接來臺灣。那年我已經十歲了，如果父親不去接我，我就要開始做農夫了。一九八七年兩岸開放，我回去見當年照顧我的家庭。顧爸爸和顧媽媽兩位老人家已經不在世，他們留下的兩個孩子命運也大不同。第一個孩子出生的時候因為農村普遍窮困，需要他幫忙田耕，所以還是不識字；老二到了就學年齡，大陸境況改善，也在推行讀書識字了，他成為都市青年。兩兄弟一起來看我的時候，哥哥整個人長得烏漆墨黑的，一身典型的農夫裝扮。受教育的弟弟就打領帶、穿西裝，兩人看來完全不一樣。命運是充滿神奇的，如果當年我沒有過來臺灣，何況又不是他們家親生孩子，一定沒有受教育的機會，最後就會變成顧哥哥那樣。但我就在媽媽的一念之間被接來了，成了今天的我。自己那麼認真地寫「年代五書」，也是因為我在七十歲以後突然醒悟，老天讓我走到今天，原來是有使命要我承擔。

五〇年代：數學白痴成了阿兵哥

我的臺灣生命從五〇年代開始。一到臺灣就識字讀書，因為年紀太大，當時上學還要謊報年齡，一直到我從公家單位退休了才改回來。所以早年我在文星書店出版的書上寫的年齡，和爾雅出版社創立後寫的年齡，兩個是兜不攏的。來臺灣最初先進國語實小讀二上，和林海音的大公子夏烈當同學，一起打彈珠、換郵票。後來因為年紀太大，需要讀快一點，就跳級到女師附小。這樣三跳兩跳，從此就變成了數學白痴，到現在完全不知道什麼是三角函數。因我只要上數學課就嚇得什麼也聽不懂，總是低著頭怕老師看見，偏偏自己小時候長相秀氣，就更加被老師罵是「繡花枕頭」。愈罵愈笨，人家數學課都坐在台下聽，我則被罰站在台上「掛黑板」。

可是人一旦被羞辱，另一方面就更好強。我小時候看四格連環圖故事書、看《東方少年》和《學友》的文章，居然能開始寫點東西。每次寫好交上去，國文老師就會把它貼在布告欄和黑板上，我一下又變成最好的學生。自己就在這兩股力量的拉扯間，非常矛盾地成長著。

後來到考大學的時候，我想考政大新聞和臺大中文兩個系。但因為數學拿了零分，連分數最低的大學都差一分沒考上。就在落榜的同一天，我上了林海音《聯合報》副刊的「星期小說」，那篇小說就叫〈榜上〉，那真是非常離奇的一天。

當時我家對面住了一位在總統府上班的林萬燕（字志遠）伯伯，他自己是上海復旦大學的畢業生，他的父親林紹南（一八八九－一九四五），是日據時期國民政府派駐臺灣的首領總領事，曾任毛福梅（蔣中正原配）的家庭教師。他和編《軍中文藝》的作家王文漪是同事，他是文職上校。他看我這個狀況，就告訴我有個地方也可以念新聞系，而且不但不用交學費，還有零用錢可以花。我稀里糊塗地就去了，去了才知道是要穿軍服的學校，從此我就變成了阿兵哥。早年的軍校完全採美國西點軍校的管理制度，非常嚴格，比你年階高的學長要你怎樣就得怎樣，很多時候完全沒道理可言。我一去眼淚就流下來了，待沒多久就跟母親說讀不下去，想要退學再重考。結果母親一到學校，校方說從我入伍訓練開始所有吃喝用度都要付錢。我家賠不起那筆錢，只好叫我繼續忍受下去。不過現在回想，軍校生活對我還是正面的。從小我身體就很差，聽訓時總是第一個倒下，還經常流鼻血，可是畢業之後，身體因操練變得健康了。

我的五〇年代是從十二到二十二歲這段時間。由於數學不好，學校越念越差，從省立女師附小讀到縣立新莊中學，高中念的是私立育英中學，二十二歲才進政工幹校。五〇年代是貧窮的克難年代，當時博愛路上的「臺灣中華國貨公司」算是臺北最高樓層的大樓，柏油路只有總統府前面和衡陽路、中山北路少數幾條，其他都是碎石子路。車子走過時塵土飛揚，所以馬路上經常出現灑水車。不過當時汽車甚少，路上多的是三輪車和黃包車。志文出版社老闆張清吉先生從前就是踏三輪車的，後來卻成為早年極有影響力的出版人。

文學的黃金時代

六〇年代貫穿我二十二到三十二歲的生命，從一個文藝青年起步，也出了第一本書《傘上傘下》。我讀的政工幹校同時期出了很多奇奇怪怪的同學，譬如曹又方、沈臨彬、王愷、古橋、符兆祥和桑品載等等，都是前後期的同學。當時我們一群喜歡寫作的人經常聚在一起，對於很多枯燥的匪情課、三民主義課，我們完全不受它影響。因為老師在台上講，我們在台下寫自己的文章，寫得不亦樂乎，同時也開始向《中央日報》、《聯合報》和《中國時報》投稿。從學校畢業後，我被分發到新竹海防部隊，後來又到了彰化水美山。在孤獨的山中，風景奇美，我就在那兒度過後青春期，寫了很多愛情小說。

古人說「書中自有黃金屋，書中自有顏如玉」，對我來說都是真的。因為我的理想工作和太太都從寫作得來，媒人就是作家王鼎鈞。從海防部隊退下後，調到警備總部的勤務隊當幹事，隊上的老兵都是擦桌抹椅倒開水的勤務兵，跟我讀的新聞一點關係都沒有。幸虧作家王鼎鈞在《中國時報》「人間」副刊辦了一個「新人小說月」，採用了我一篇〈掛在天邊的蘋果〉，文後附帶介紹我的服務單位、姓名、年齡等等。小說發表後，有天早上二處的李世雄處長跑到我們勤務隊來，說要找一個叫柯青華的中尉。原來他看到我的小說，發現勤務隊還有能寫文章的人，就找我去二處編刊物。這不是完全靠寫作找到了理想工作嗎？

後來我有一篇小說〈一個叫段尚勤的年輕人〉，寫一個畢業以後走投無路的年輕男子，也是在鼎公編的「人間」副刊發表。我太太當時在報上看到以後，用「隱名」的署名寫一封信到《中國時報》，鼎公將信轉到我手上。那封信的內容是一則小品，大意是說畢業後人生茫茫的感受不是男生才有，女生也有這樣的苦惱。過兩天鼎公來問我信上寫什麼，聽完叫我把信寄給他，他將它發表在副刊上。文章刊出來的時候旁邊註記：「隱名小姐請勿再隱，請來本社領稿費」，我太太看到，於是地址、真名全出現了。可見，只要寫作，理想的工作獲得了，還從天上掉下來一個太太！

我是軍人當中的文人，編的是軍中刊物。當年文風鼎盛，每個軍中單位都有各種文

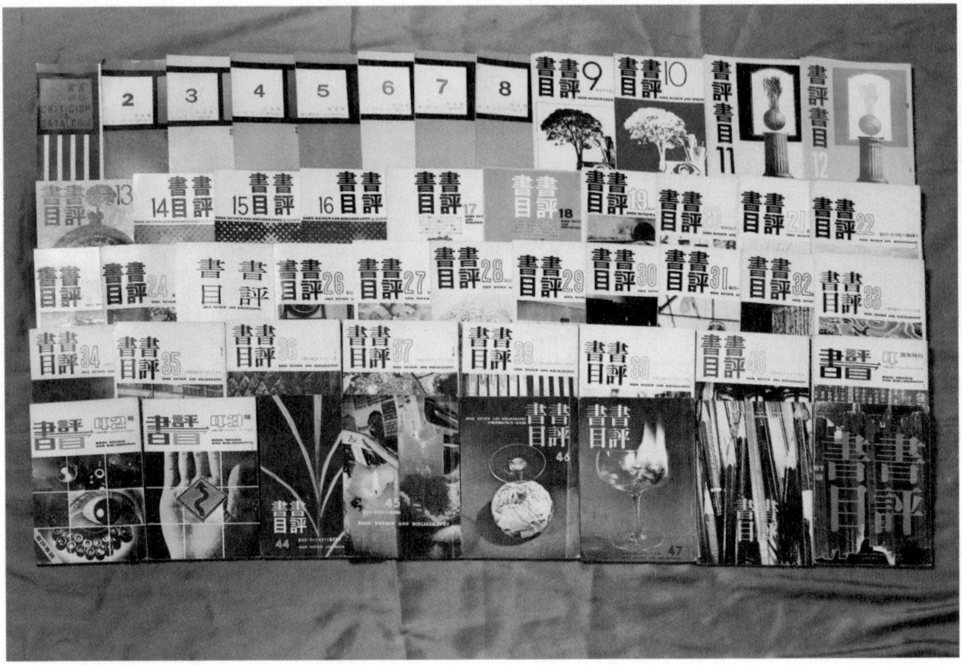

《書評書目》創社於 1972 年 9 月，作者在創辦爾雅出版社之前，主編自創刊號至 49 期。

康、文宣、文化活動。因為這樣，很多原來沒讀過書的阿兵哥到臺灣後都成了詩人，這是臺灣很奇特的現象。我身處那個年代，除了自己寫作，也大量地看小說，後來就在國民黨部四組辦的《自由青年》（梅遜主編）雜誌上寫我看小說的心得。這些文章被文星書店的老闆蕭孟能先生看到，他接受我小說投稿的同時，就請我幫忙推薦人選，想要出版一套「青年作家選集」。當時蕭先生手上已經有了葉珊、劉靜娟和我三個人的文稿，我又幫他找了七本稿件。這套書裡面最有名的一冊，就是張曉風《地毯的那一端》。蕭先生接著又出了「海外青年作家選集」，包括白先勇《謫仙記》、王文興《龍天樓》、歐陽子《那長頭髮的女孩》、孟絲《生日宴》等等。那是文風鼎盛的年代，大家都在出書。

七〇年代，我從三十二到四十二歲，此時進了《書評書目》，這是我生命的轉捩點。《書評書目》的宗旨是把所有優秀的作家和作品介紹給大眾，有點像現在《文訊》雜誌做的工作。《書評書目》最早是雙月刊，後來改成月刊，從第一期編到四十九期，前後編了整整五年。在當時，覺得編這本雜誌是我生命中最重要的事，一個優質的社會，一定要有本像樣的書評雜誌，就算要我一直編到老也此生無憾。因此《書評書目》在有限的經費下，成功地引起臺灣和海外著名圖書館的注意，也讓很多人留意到我這個人。其中包括當時在國立編譯館任職的齊邦媛老師，令人難以想像的，後來我還成了她第一本書《千年之淚》的出版人。

不過也因為我對《書評書目》太投入了，把雜誌當成自己的第二生命，反而引發了一些問題。《書評書目》幕後的老闆是簡社長，有些被我退稿的作家不高興，就輾轉透過簡社長塞稿件給我。當時我年輕氣盛，還不懂得做人的藝術，類似事情多了，工作的氛圍就有點不對了。再加上簡社長原來就希望我編一本《讀者文摘》式的綜合性書評雜誌，不是一本只做文學書評的雜誌。但我這個人興趣很窄，沒有能力做文學以外的審稿工作，那就需要另外聘一個廣大的顧問群，以我們當時的經費根本不可能。有一次簡社長對我說：「隱地，既然你有很多好的想法，其實可以自己去創業」，這就是委婉地請我走路的意思。我也就真的走上自己創業的路上去了。當時因資金短缺，簡社長還成了爾雅的合夥人，小學同學景翔第一年也曾是爾雅股東。

當時我在《書評書目》每月拿五千元，算是很好的待遇。我已經四十歲了，下面還有兩個孩子，辭職出來創業的風險非常大。所幸剛好碰上七〇年代的閱讀年代，七〇到八〇年代正是文學的鼎盛時期。當時大家主要的娛樂還是聽廣播、看雜誌和讀報紙，報紙的副刊尤其是大家關心的焦點。副刊有個關鍵人物叫高信疆，他先是在《中國時報》副刊開闢了「海外專欄」，讓當時萬頭攢動的留學生建言、小說和散文有個可以發表的園地。等到他主編《中國時報》副刊後，把純文藝副刊變成了多元媒體副刊，舉凡武俠小說、朱銘的木刻、洪通的畫作……統統都可以擺進副刊裡成為主打。相對於一九七〇年代的外交挫折，「人間」副刊卻掀起了鄉土熱，重新認識自己，參與社會，反哺大眾……副刊影響力之大，讓《聯合報》也緊張了，兩個副刊就像打仗一樣拚了起來。進入「皇冠」年代後更精采，平鑫濤有了「皇冠」王國還不夠，又把瓊瑤拉到他兼編的《聯合報》副刊上。那是臺灣文學的光輝年代，閱讀人口眾多，許多作家約稿信和約稿電話接不停，在杏壇教書的教授和學者也紛紛下海，移到文壇寫起散文和文學評論。那年頭稿費高，竟然可以付到一字一元。但至今三、四十年，稿費仍然停在一字一元，難怪，現在文壇人馬想盡辦法混一張文憑，可以到杏壇去教書。

另外跟大家說個小故事，我是有點迷信的人，覺得天地之間除了創造神、保護神、破壞神之外，到處都是神，我自己就有被「詩神」拜訪的親身經驗。五十七歲我才開始寫〈法式裸睡〉這首詩，從此就寫不停，一直寫了六本詩集。神奇的是我寫詩沒下過什麼苦功夫，好像都是「詩神」來敲門，詩句「嘣」一下在我腦海裡跳出來，我只負責找紙筆記錄下來。當時兩大報一首詩的稿費都是一千五百元，有時我去洗頭吃飯，忽然一首詩冒出來，我就笑咪咪地說又有人請客了。那真是一段非常美好的記憶。後來詩集普遍銷路不好，出詩集不易，爾雅因一年只出兩本詩人個集，如果我寫詩，經常占去一個名額，為了讓詩人朋友有出書機會，我自動戒詩，等到我說不寫詩，「詩神」彷彿生氣了，離我而去，從此，就算我手上有紙有筆，腦中卻再也沒有詩。

書的未來在何處？

八〇年代是流金歲月，進入九〇年代以後，出現了幾個關鍵的數字。我有本書叫《翻轉的年代》，是一九九三年出版，當年出版是為了抓住最後的鉛字印刷。一九九三年以後鉛字印刷消失，電腦字體和排版時代來臨，印刷出版進入全新的革命年代。

另一個關鍵數字是二〇〇七年，這年亞馬遜推出電子書閱讀器，開始了「無紙時代」，到現在經過二十年，帶來了翻天覆地的革命。新一代的新人類，一年中竟然有百分之四十的人，從來不看一本書，真是個只讀臉書而不買書的年代。完全不碰書的人越來越多，他們的生命裡沒有紙本書的概念，這點我們站在第一線做出版的人感受最深。爾雅出版社有自己的「爾雅書房」，因為希望推廣書，所以常常讓北一女和建中的老師帶學生來參觀。在網路和手機還不發達的年代，同學來看書之後很自然地會帶幾本書，不但當天帶走，過不久班上其他同學看到也想要，還會打電話回來全班代訂，無形中就帶動了書的銷路。現在北一女和建中的學生也會來，一樣還是最難考的學校，來了一樣會看書翻書，走的時候卻不再有人買書。幾次下來，老師覺得對我們不好意思，但我說沒關係，我也過了追求金錢的年紀，不過我想知道答案，現在年輕人的零用錢到底去了哪裡？老師的答案是：人手一杯的飲料，還有文具店裡面的小玩意。

隱地
回到
50
年代

隱地
回到
60
年代

隱地
回到
70
年代

隱地
回到
80
年代

隱地
回到
90
年代

以前我們出版社的讀者有七成是小五到大三的學生，大三以後開始談戀愛、忙工作，等結婚生子後，又回來成為我們的讀者。可是現在這七成的讀者沒有了，人類難道從此和書說再見了嗎？我問一個從法國回來的導遊朋友，說我們這裡年輕一代都不看書了，捷運上幾乎看不到一個人在看書，法國的狀況也這樣嗎？他說不是的，在法國的地鐵上還有一半的人在看書，而且都在看一些經典作品。因為法國很注重人文教育，大學一年級不管什麼科系，學校都要你去讀文學經典。我們這一塊流失得很快，中國大陸這幾年鼓勵學生背唐詩宋詞，再過幾年我們完全不是對手。

另一個問題是圖書館。不少圖書館蓋了也不買書，甚至送書過去，他們也不想要，因為沒地方放。現在圖書館的負責人大多是從電腦和資訊科系畢業的，說起書，他們對電子書更感興趣，因為不占空間。你相信嗎？電子書閱讀器雖然能容納幾十萬本書，可是很少人真能用閱讀器讀完幾本書。一個人怎麼可能從波動的光裡不停讀文字？年輕人寧願去看影像和動畫，老年人因視力減退不容易讀完一本書，這樣下去我們的時代和書越來越分離，我覺得甚有危機感。允晨出版社的負責人廖志峰寫過一本《書，記憶著時光》，他跟我不一樣，他是完全可以接受電子書的。可他還是告訴我們紙本書不應該被淘汰，因為書讀起來有一種「紙的韻味」，閱讀器讀起來永遠是硬邦邦的。

我個人還有個夢想，希望臺北市文化局長有朝一日能夠把連結到紀州庵的同安街弄成一條書街，讓首都臺北提升一些文化韻味，臺北市民在星期假日可以逛逛觀光書市，總要有個可以看看書、摸摸書的地方。臺灣剩下的書店已經搖搖欲墜，將來連賣書的地方都沒有了。

第十個房間

最後談第十張紙，所謂第十張紙就是第十個房間。我有一首〈十個房間〉的詩：

在第一個房間遊戲
在第二個房間求學
在第三個房間戀愛結婚生子
在第四個房間奔波事業

人生如一棟
十個房間的屋子
我們在每個房間遊走十年
有人住了一間　有人十間全住到

現在的你
住在第幾間屋子？
做些什麼想些什麼
能告訴我嗎

有人一個一個房間穿梭
到了七室八室九室
一顆玩捉迷藏的心疲累了
他像洩氣皮球似的躲進第十個房間
百歲人瑞和自己的呼吸比賽
沉思者和冥想者
都上了天國的路
誰在屋外吹起熄燈號？
（十個房間一片漆黑）

若能活到第十個房間差不多就是百歲人瑞。人生可分成三個階段：第一階段是一到三十歲；第二階段是三十到六十歲；最後一個階段是六十到九十歲。今天在這裡的大部分人都在第二個階段，這正是人生最好的黃金時刻。至於像我這樣進入第三個階段的人，多數人都已退休，會發現老年人生，有許多困境，頗易生出憒憒然的憂傷。

我認為第三個階段的人生，繼續工作是非常重要的。像我現在仍在上班，自己想來也覺不可思議。因為上班我就必須很有力氣，過去十年時間頂多寫四、五本書，但在九〇年代這十年裡我寫了二十本書。會這樣越後面越勇猛有幾個原因，一是老天讓我有使命感，我覺得有責任要把臺灣的文學盛唐歲月記錄下來，這部分已經完成了「年代五書」。最近還寫了一本《大人走了，小孩老了》，意思是說一九四九年帶我們來臺灣的大人都已經走了，而當初還在肚子裡面的小孩今天也已經七十歲了。寫完這部書我才安心下來，一代的歷史都在其中，至少文學這一塊算是有了粗略的輪廓。我希望凡對老歌、電影、美術有研究的人，也能像我這樣從一九四九年一直寫下來。把七十年的逝水往事年華寫下來，我們的人生彷彿重活一次。書的可愛就在這裡，它有讓人重生的力量。

一直覺得，我們社會所有問題都源自於不讀書。經濟當然重要，但解決經濟問題後，就要提升精神生活。閱讀絕對是很好的精神維他命，人只要能夠做到心理平衡，不要有太多「悶」的情緒就不容易生病。書正是一種幫助我們調整情緒的妙方，若能走得出去，也走得回來，最後三十年依然可以活得快樂而有意義。由於你這樣愛惜身體髮膚，上天看你是個孝子，還會讓你住到第十個房間，那是老天給你的紅利。你看我辦出版社能有這麼多積極的想法，所以你一定要看我們出版的書！

我很幸運有了自己的事業，現在雖然賠錢，但我仍選擇繼續做。我的目標是做到八十八歲，做到爾雅五十周年。到時我一鞠躬，謝謝臺灣這塊土地、謝謝爾雅的讀者，以及所有喜歡書的人。正是因為有這麼多朋友的支持，才讓我的生命更豐富圓滿。

——原載二〇一九年四月號《文訊》（四〇二期）
記錄整理　鄧觀傑（政治大學中文所碩士生）

編按：本文係由上海儲蓄銀行文教基金會與紀州庵文學森林共同主辦的「我的文學夢」系列講座講稿紀錄。每月一場邀請來賓演講。二〇一九年三月八日邀請隱地主講，分享幼時至今與文學的淵源，從編輯《書評書目》、創辦爾雅出版社的經歷，回顧臺灣文學的流金歲月，省思與展望圖書出版的未來。

二月（一九六三）中的兩天

二月十日

每天跑東跑西忙著，忘記了日子仍然在消逝，實習採訪生活，已經是第二週的開始了。

在報社做事的人，彷彿都是在為別人生活，經常得忘記自己，更不許可有自己的生活。

但我喜歡這種不預知的生活，正因為明天永遠是一個謎，我抱著揭開那個謎底的心情，總是去試探、去等待。

本來今天可以休假的，採訪主任張明女士說：「你們很用功，辛苦了一週，休息一天吧！」可是上午在報社等人時，攝影記者陳楚湘說：「有一條消息要跑，朱小燕不在，你去一下。」

我坐上了車，跟著陳先生到溫州街。原來是世界社成立六十週年紀念與世界社團中國國際組織代表第一次會議，同時在「互助之家」舉行，由于右任及李石曾兩位先生主持，內政部長連震東蒞臨，並在會中致詞。嚴家淦、谷鳳翔、謝冠生、魏道明等百餘人參加。

十點半，到中山堂欣賞由幼獅電台及幼獅書店舉辦的「熱門音樂」，場內場外，台上台下，坐著的，站著的，到處都是人，這股狂熱的潮，已經浸透了臺北年輕男女的心，隨著搖滾的節拍，幾乎都在「推」，整個中山堂，給人一種東倒西歪的感覺。

二月十四日

採訪主任張明老師休假，她在她的玻璃板上留了個字條，吩咐我和林祥金去跑三條新聞：

一、下午一時半：中山堂光復廳義務勞動競賽工作講習會。

二、市衛生局在各重要街道展出各種有關防範副霍亂及預防注射之圖片。

三、下午三時到臺北法院刑庭。胡秋原與《文星雜誌》蕭孟能之文化官司第二次調查庭。

一、二條都沒什麼，最過癮的是胡與蕭、李的官司，雙方各執其詞：胡秋原認為蕭孟能縱容教唆李敖，並斷章取義以英美法律來誹謗他，他說：「我是律師，我只是沒有執行職務；我懂英文，我的英文只比我的國文稍差一點。」

他希望蕭孟能、李敖能向他公開道歉，否則官司要打到底。蕭、李的代理人李晉芳律師，已被胡秋原控為第三被告人，他說他偽造法律，幫助蕭孟能和李敖來誹謗他。

李敖卻說他在《文星雜誌》刊登〈胡秋原的真面目〉純係辨正胡秋原的曲解近代史，此外別無其他動機，更無誹謗胡之意圖，因胡在《世界評論》刊登一篇關於「閩變」的文章，將「閩變」解釋為一件不必要的事，起因實在是一種誤會，但李敖認為「閩變」是一群軍人、政客、文人，以武力佔據一個地方改變國旗，更改年號，是一種叛變行為，所以纔寫那篇文章，他並拿出許多資料證實他的話。

蕭孟能也不以為他是人身攻擊，而認為是學術辯論，他說：「根據法律規定如有不實之處，胡先生可來函更正，但胡先生並未來函。」

胡的代理人周漢勛律師則激動的說：「我不忍坐視一個有修養的讀書人被一個嘻皮笑臉，善說俏皮話的人隨心所欲的誹謗，而這種誹謗是中外古今歷史上未曾有的。胡先生精神上、物資上、寫作信譽上損失太大了。」

打了快三個小時的官司，結果到底如何，要等待再一次調查庭。

——原載民國五十二（一九六三）年《復興崗三日報》

關於一九六三年二月十日和十四日的日記

中學時代，就有寫日記的習慣，後來因寧波西街的家被查封，父母離異，不停地搬家，越搬房間越小，加上自己青春期，情緒容易波動，有一天，一直帶在身邊的近十冊日記，全被我丟進螢橋（現名中正橋）底下的新店溪，隨著滾滾河水都流走了，那是對自己命運憤怒的抗議，為何人間所有的不幸全壓到我小小的身體上？二十年後自己創辦爾雅出版社，聽了劉森堯的建議，竟然推動一波作家寫日記的熱潮，十五、六冊「作家日記」，雖然未能持續，但一字排開仍然十分壯觀，想到自己少年時候珍貴的日記卻丟進了新店溪，每思及此就懊惱萬分。最近整理舊物，居然「古物出土」，幸虧民國五十二（一九六三）年的兩則日記寄到了當時的校刊《復興崗三日報》，成了漏網之魚，讓自己可以透過此兩則日記，回憶我在《新生報》當實習記者的日子。

要不是這兩則日記，還一直以為八〇年代初和李敖在東豐街上的「犁田餐廳」餐敘，是第一次和他面對面，原來早在一九六三年就看過他和胡秋原打官司，而且透過日記，我才知道自己在少年時代，居然見過于右任、李石曾、連震東、谷鳳翔和魏道明這些早年的黨國元老，可見我這個「今之古人」已經老到什麼程度了。

啊，那個一去不復返的年代，多麼遙遠，遙遠如天上的雲，遙遠得事事都已成了歷史，且成了歷史裡的一縷青灰……

日記裡還提到兩位女性——張明老師和女作家朱小燕，張明老師是林先生（海音）那輩的資深報人，和作家劉枋等都是老朋友；朱小燕畢業於政大新聞系，後移民加拿大，曾任加拿大多元文化部長顧問，一九六六年就曾在皇冠出版長篇小說《煙鎖重樓》，另有散文、小說近二十部。

進入八十歲以後的人生，一切變得虛幻，要不是找到這兩則日記，所有往事，皆已化為煙雲，不記得了，不記得了，原來我們小小腦海並不可靠，等到老朽，腦海成為漿糊一團，只好一切還諸天地。

五月（二〇〇二）中的四天

二十日（星期一，紐澤西，晴）

上午瑜芬到醫院，我和貴真未排節目，享受鄉間生活的寧靜。

只有在白天，才能看清瑜芬家的特色。瑜芬家的院子，幾乎有十個網球場這麼大，青草皮連著鄰居的青草皮，從屋子裡任何一個角落望出去，全是樹和天空，以及無限延伸的青草地，所有月曆畫和電影裡美麗的鄉間景色，這裡全有，真是人間仙境。

一個永和長大的小女孩，在異國打下一片自己的天地，住在這麼美好的國境，享有童話故事裡的幸福美滿生活，真是讓人欽佩。她是海外華人創業楷模，曾榮獲經濟部海外華人第十屆創業青年楷模，她的公司擁有四十多位中外職員。

下午一點，瑜芬從醫院趕回，陪我們到她家附近的一家義大利餐廳 Macaronigrill 用餐，然後到普林斯敦大學參觀，看過羅素・克羅威演的《美麗境界——約翰奈許傳》之後，再來實地走訪，有一種熟悉之感，而校門外的大學周邊商店，如夢如詩，一家叫Micawber Books的書店，有兩個門面，一家賣新書，一家賣舊書，中間打通，各有千秋，而舊書店竟然也能經營得如此高品味高格調，真的是化腐朽為神奇，讓人嘖嘖稱奇。

普林斯敦校園更是美麗如畫，在校園裡走一趟，彷彿走進詩的國境，是什麼樣幸福的人，可以日日在此進出，它有無數座教堂，而其中的主教堂，思古之幽情，並不輸於歐洲著名的大教堂。

離開普林斯敦，瑜芬帶我們到她家附近的超市買了六隻活的大龍蝦，以及紅酒，晚上她親自下廚，她的兩個孩子強納遜和山繆也回來了，吃飯前，瑜芬要我們六個人把手拉起來一起禱告感謝主，並祝福我一家旅遊平安。

二十一日（星期二，康乃狄克州，晴）

在瑜芬家用完早餐，我們開始上路，書品的車，在車廠修理冷氣，強納遜開車把我們載到車廠，拿了車，我們和強納遜互道再見，朝著紐約市前進，然後接九五大道，一路往孫康宜教授家前進。

前一晚康宜已為我們在耶魯大學附近訂好一家名叫 Colony Inn 的旅館。書品在高速公路上飛馳約三小時，終於到達目的地，不久，康宜也來了，請我們到一家東海中餐館

2002 年，攝於耶魯大學校園（左起：筆者、孫康宜教授、貴真和書品／張瑜芬攝）。

2002 年和貴真、書品合影於普林斯敦大學校園。

用餐，然後開車載我們到她家。啊，真是一個讓人羨煞的家，書房有五張書桌，她在不同的桌子前完成不同的作品；她的書房完全像一個圖書館，而採光之奧妙，真是設計師奇妙的結晶，每一道窗戶望出去都是一幅天然作品，原來她擁有一座像森林一樣的院子，每個角落都有青翠的樹影，住在這樣屋子裡的主人，真的是世上幸福之人，這位《遊學集》的主人，是學者、作家，也是旅行家，她長年到國外開學術會議，卻還有散文和報導文學作品產生，在忙碌中，仍能創作，當然令我欽佩。

有康宜當我們的導遊，我們的耶魯之行，當然收穫豐碩；耶魯創校於一七〇一年，已有三百零一年的歷史，比普林斯敦（一七四六）早四十五年，這兩座名校各有特色。耶魯的法學院，以出產總統出名，而最令我仰望的是耶魯對善本書的保養，百內基圖書館 The Beinecke Pare Book and Manuscint Library，像一座書的舞台，也是人類智識的寶庫，書被如此奉養，讓我這個一生以做書為業的人感動得幾乎要流淚。

康宜步行導遊兩小時後又以汽車巡迴一周，讓我們對整體耶魯有一個總體印象。耶魯實在太大，怎麼看，一天之內也看不完。當然，康宜不忘請我喝咖啡，而且她帶去的咖啡館，當然也是書店，書店和咖啡店結合本來就是我的夢，沒想到，我的夢，在西方，在耶魯，早已有人美夢成真。他們的書店裡有人在喝咖啡，喝著咖啡的人，正在愉快地閱讀，我慶幸自己有生之年，能在 Atticus Bookstore & Café 喝過一杯卡布奇諾，也觸摸

耶魯百內基圖書館保存最古老的書籍，書庫如一座歷史的舞台 Thomas P. Bnincas. Jr.

了他們書店裡的書，為世上有這樣美好的夢，我應當讓自己活得更久！啊，但願我來耶魯不是只來告別，而是為了重逢！

二十二日（星期三，波斯頓，晴）

前一天還在遲疑，想不到這會兒已經坐在昆西廣場旁邊的餐廳吃起波斯頓龍蝦大餐！

對波斯頓的記憶最初來自波斯頓派，那是貧窮的年代，剛成家不久，孩子一個個來了，三個孩子每年輪到誰過生日，想到買個蛋糕為他們慶生，總是會帶一個波斯頓派回家。可能是在蛋糕類別中它最便宜；其次，它的口味也為我們全家喜歡，三個孩子好像都喜歡吃波斯頓派。後來，波斯頓漸漸和生日劃上等號，而過生日總是快樂的，所以，波斯頓也和快樂劃上了等號。

其實，我自己還有更早的波斯頓記憶，大概是民國五十六年前後，我還屬單身的年代，晚上在《純文學》

雜誌兼職，校對之外，也幫林先生看一些稿子，其中有女作家楊安祥的長篇《波斯頓紅豆》逐期連載，後來出了單行本，三十五年的歲月流逝了，如今，要找一本《波斯頓紅豆》，想來是極不容易了。楊安祥還住在波斯頓嗎？多少作家在出版過幾本書後，像天空裡曾經閃爍的星，後來都不見了。

然後，我對波斯頓的記憶是一種叫 Traders 的波斯頓襯衫牌子。民國七、八十年，我的經濟生活大有改善，開始買些外國進口的衣服來穿，而 Traders 牌的襯衫色彩鮮艷，又艷又不俗，是我愛穿的一個品牌，卻怎麼也沒想到我竟然會有一天來到波斯頓，還在波斯頓街上走著走著，看到了這家服飾店的門面。

這次來波斯頓純屬偶然。只因書品有車，他又從他讀書的賓漢城開車來過波斯頓，所以建議我們可來一遊，何況昨天和前天，剛去過普林斯敦和耶魯，他看到爸爸媽媽這麼喜歡那兩所大學，乾脆打鐵趁熱，告訴我們到波斯頓可以拜訪另一所更古老的名校哈佛，衝著哈佛，我們真的千里迢迢來到了波斯頓，書品以時速一一〇到一三〇的速度，風馳電掣地從 New Havan 一路開來，整整三個小時。好在九五高速公路兩旁都是翠綠美麗的榆樹、梨樹和楓樹、槭樹，碧藍的天，襯著白白的雲，倒也不覺疲累。

哈佛創校於一六三六年，比起其他兩所名校，他屬於爺爺級的輩分，所以老態畢現，紅磚色的建築，格外有一種時間的滄桑。站在查爾士河之前遙望哈佛廣場，讓我覺得自已好像人在歐洲，可是一排排肥胖的美國人走來走去，立刻又提醒我，這是美國，美國的哈佛大學！

二十三日（星期四，賓漢城，晴）

昨天下午五時就從波斯頓起程，從九一高速公路先開到奧本尼（Albany），再接八八高速公路到賓漢城，幾乎開了六個小時，回到書品的住處已經深夜十一時了。

一個大太陽一直高掛在我們的車窗玻璃之前，從下午五點到晚上八點。八點之後，終於依依不捨和我們告別，此時晚霞滿天，美得神奇；太陽剛下去，月亮就昇起，一彎月牙兒，又跟著我們的車，緊追不捨。

賓漢城氣溫落差極大，昨夜寒冷如冬，今天太陽一出來，立刻變成夏天。

我們先到 Ihop 吃早午餐，然後到書品的賓漢頓大學（紐約州立大學四大分校之一）參觀，此校創立於一九四六年，大學部和研究所學生有一萬多人。

書品在輔仁時念數學，來到賓漢城改讀商業管理，我們在他的教室和電腦室拍照留念。

美國之大，這回真是真正領教了。特別是過了Albany到賓漢城的一段，一路向西，愈開汽車愈少，轉到十七號高速公路，茫茫大地，一望無際而公路一路延伸，無盡無頭，真有「客舍青青柳色新……西出陽關無故人」的荒涼和蒼涼，而臺灣真的離我遠了，一時之間，無法想像火燒山還在繼續嗎?乾旱仍然如故?限水而無水的日子多麼難熬，至於政治人物一到晚間都掛在電視頻道上互相謾罵。突然，我彷彿聽到曠野裡的井底傳來一片蛙聲，眾聲喧嘩之中，誰聽到誰說了什麼?

下午五點，我們又開始上路，這次我們上八十一號高速公路，穿過賓西凡尼亞州的 Scecorton 接三八〇再接八十號高速公路一路挺進，三個半小時後，又到達 Homdel 瑜芬的家，瑜芬對於我們三天開了二千里的壯舉感到不可思議，當晚她又開了一個大西瓜請我們，接著是寧波酒釀芝麻湯圓，第二天一早又為我們忙著做早餐，然後在他們超過一畝多的家園再次拍照後依依不捨離別。

——選自《2002／隱地》

附註

隔了十七年，再讀這四天的日記，仍然有些如夢如幻。寫日記，真好，要不是日記記錄了當時旅遊的心情和一路上參觀的心得，若僅憑腦海中的記憶，現在想追溯，怎麼可能寫得這麼詳盡；除了二〇〇二年，二〇一二年我也留下了日記，等到二〇二二年，再寫一冊，至時，我的「日記三書」，將是我生命中的三個高點。

短篇小說

也是生活

1

大卡車的輪子轉動了，季之寧也沒有注意到底有多少輛，車輪一滾動，再見的喊聲更響了，還夾雜著：「有空來信啊！」的叫聲，長官來回的奔跑著，對這輛車上的同學叮嚀、囑咐，又忘不了另外幾輛車上也有自己的學生；季之寧看看生活了四個月的地方，他的頭慢慢地轉動著，像攝影師獵取鏡頭。隨著車子的奔馳，營房越來越遠，最後連鳳凰木留下的一點綠也消失了。

他想起了那位辦事能力強的營長，面孔方方正正，一如他的為人。昨晚餐會時，他說：「……諸位在這兒四個月生活的表現，像無數個音符，有長有短，諸位離開這裡以後，一定要取其所長，去其所短。國家需要我們來建設，大家應時刻警惕著自己的言行；

回去後不要忘記紀律與禮貌，纔不辜負諸位在受訓期間所留的汗。」

2

有生之年，季之寧從來就沒有這麼緊張過，一下車，就按著高矮個子編隊，前後左右的鄰兵到底是誰，也搞不清楚；一小時不到，差不多就喊了八、九次「還有三分鐘集合！」

每次集合都有無數事項規定，而每項規定，對大家來說都是不可抗拒的命令！

十月的中臺灣，太陽像團火，晒得人汗流浹背，風既大，又乾燥，放眼望去，只見風沙與灰塵在空中打轉。第一次離開家的季之寧，又渴又緊張，他流鼻血了，這是他的老毛病，醫生說他身上缺乏維他命C，囑咐他多吃水果，多喝開水。

一位戴眼鏡的同學急著說：「快躺下，我去替你弄塊濕毛巾。」

季之寧從心裡湧起一份感激。在大家都那麼繁忙的時候，還有人肯來照顧自己，他深刻體會到，人間處處有溫暖。後來知道他名叫喬秀夫。

寢室小，小得擠人，顧了左邊，就會碰上右邊的，想放臉盆或鞋子在舖位下時，只要屁股稍翹高一點，就撞著對舖的同學。三個人睡兩個塌塌米，整理蚊帳時，鼻子裡塞了棉花的季之寧正在懷疑怎麼能睡得下，又是一聲哨音：「注意！」嘈雜的寢室立即肅靜下來，一百四十八位同學，個個筆直站著，像吹不倒的電線桿。「還有三分鐘集合，帶碗筷，稍息——」

季之寧怕弄髒了白被單，把鞋子脫了，正在釘晚上掛帳子時所需的釘子。穿好鞋，把鼻子裡的棉花拿掉，三分鐘已經過了。「成開飯隊形集合」的口令已經喊了三十秒鐘，他剛要跑出寢室，後面有人叫他，是個塊頭大、個兒高的胖子，拖著沒紮好的褲子，慌慌忙忙的說：「我剛上廁所，怎麼辦？隊伍已經集合啦！」

3

兩個禮拜下來，季之寧和喬秀夫成了最要好的朋友。秀夫在第九班，他在第十班，兩人都是第五名，每次排隊，他只要對準喬秀夫就行啦！

「再過兩個星期，禮拜天就可以外出啦！」季之寧用籐條通著槍管，他原先白皙的皮膚變黑了。

喬秀夫仍然擦著槍。季之寧從心底裡喜歡這個新朋友，他的一舉一動都令他欣賞。

哨音又響起，兩人連忙放下槍站起來。這是規矩，哨子一吹，任何人都得立正。

「起床！起床以後內務加強，」值星班長拉長了喉嚨喊著：「下午上課，帶槍、帶刺刀、紮子彈袋、穿球鞋、打長綁腿，十分鐘在大操場集合，稍息——」

「又是班基本教練，」季之寧覺得時間過得太快了，他們是十一點鐘開的飯，吃好飯後，有午睡習慣的人可以躺一會兒，下午一點鐘開始出操。「我的錶才十二點三刻！」

「快點打綁腿去吧！」喬秀夫說：「遲到了要罰跑步！」

寢室裡的人都像熱鍋上的螞蟻。穿衣服、戴帽子，而最氣人的是綁腿打不到定位。有時好不容易打到了定位，仔細一看打反了，只好重來。季之寧對於像海帶似的布綁腿最感頭痛，拿在手裡，總讓人有天女散花，收不攏來的感覺。

「成連橫隊集合！」像陣風，同學們端了槍奔跑過去。

「向右看——齊！」健壯如牛的值星官喊著口令，聲音發自丹田，清晰宏亮：「向前——看！」

又是一個太陽咧著嘴狂笑的日子。無數滴汗珠，從季之寧的軍便帽裡往下流，流動的汗，像毛蟲在他身上爬，然而在「立正」的口令下，即使真的天坍下來，也是不能動的。

「跳！」值星官像憤怒的暴君，口令一下，每個人就必須不停地跳，跳，跳……

「停——」聲音拉得很長：「綁腿散了的人出來！」

不少同學垂頭喪氣地跑出隊伍。

「各班班長檢查，綁腿沒有打到定位的，也出來！」

季之寧跳的時候，已經儘可能的跳得低，跳得慢，而不爭氣的綁腿，眼看著它慢慢地散開來……

又是托槍跑步，他已經記不起這是第幾次被罰了。想起了《亂世忠魂》裡蒙哥茂萊．克利夫特，因為在那部電影裡，蒙哥也有被罰托槍跑步的鏡頭。那是部使他最不能忘懷的電影，記得自己看那部片子時才十二、三歲，在那以前，他所看的電影不外是西部武俠、猩猩、泰山與華特．狄斯耐的卡通電影，從《亂世忠魂》之後，他開始轉移興趣，到眼前，他成了文藝電影迷，尤其是愛情文藝。人真奇怪，生活再匆忙，再緊張，腦子裡卻仍不停地想，從不因匆忙與緊張而停止。

班長像個買璧的人似的挑著璧的瑕疵，不過，真的買璧人那樣做，無非是希望賣璧的自動地降些價格，而班長那樣做，只是為了使同學們都能養成一種正確的姿態；季之寧明白這個道理，那也是他所以咬著牙忍受的原因。頭不正不行，頸不直不行，兩腿不靠攏不行，兩眼不平視也不行，下顎不收，胸部不挺更不行……

「第二名，目標獨立樹，跑一圈，快，十秒鐘！」又是那個塊頭大、個兒高的胖子，季之寧對他印象特別深刻，倒不是那次他慌張的提了褲子從廁所出來，而是他從不洗澡。

班長要他收小腹，他偏挺出個大肚子。

他氣喘如牛的跑了一圈，班長並不同情他：「跑，再跑！」

季之寧他們立得更正，誰也不敢搖晃，小腹收得緊緊的，睜大了眼睛，平視目標正前方……

4

季之寧把臉盆放回鋪下，掛好洗澡毛巾回來，正繫著鞋帶，那個逢人就讚美的韓震生拖著高樂去洗澡，高樂不肯去。季之寧真不明白，這麼熱的天，每天一身汗，而他居然不願意洗澡。要他洗澡，就像砍他頭似的。韓震生可能受不了他身上的怪氣味，因為高樂就睡在自己身旁。

高樂被迫得沒辦法，開出了條件：「你一定要我洗，可以，禮拜天上臺中，兩場電影，一頓午飯！」板門店談判，總算有了結果，韓震生答應和另一個睡在高樂身旁的同學合夥請他。高樂於是不得已拿了臉盆去洗澡啦！在刻板、單純的受訓生活當中，這是頭條新聞。

季之寧穿好鞋子，和喬秀夫一塊走出寢室，兩個人都愛鳳凰木下的黃昏，也只有那段時間，他們能做點自己喜歡的事。

「手肘爬破了？」季之寧感到有點疼，喬秀夫問他，他就捲起袖子。紅紅的一塊，已經結了黑色的疤，可是結了的疤又破了。

「昨天上『敵火下』時，手肘就破了皮。誰會想到今天又被罰匍匐前進！」

原來那天他們一吃完午飯，就集合了。全副武裝，還帶水壺，小板凳，走出西營門，就彷若走在黃沙裡，太陽照著，他們像一群沙漠裡的探險者，踩著沙土與大卵石，望不到人家，山是禿的，偶爾看到幾根小草，也是枯黃色。

回營裡的時候，太陽下山了，每個人餓得都像軟軟的皮球，步子走不整齊，軍歌也沒唱好，值星官沒讓大家解散，到了營房，仍要大家繼續繞圈子走。

步子還是不整齊。值星官下了「立定」的口令，板著臉，把季之寧以及另外三位同學捉出行列：「臥倒！」

四個人都有點猶疑。

「臥倒！聽到沒有？」

值星官大聲的吼著，一條條青筋都暴露在額頭。

季之寧想說什麼，旁邊一位同學拉拉他的衣角，要他別作聲，他也就跟著他們臥在地上。

「匍匐前進！」

汗混著灰沙，四個人爬一周，全成了煤球。

季之寧想著，自己當時是多麼的憤慨啊：「我差一點和值星官吵起來！」

喬秀夫說：「我當時真為你擔心，你的態度不太好！」

「我不以為自己有什麼錯，他應該先告訴我槍沒抵緊肩窩。」

「入伍生三句話你忘了，『是！』『不是！』『沒有理由！』今天你不爬，會更糟！」喬秀夫說：「這種生活其實就是對我們的一種磨練。」

「當時我也這麼想，可是，大丈夫可殺不可辱啊！」兩個人都笑了起來。「我爬的時候，播音機正放著歌曲，也巧，正是我最喜歡的那首〈Among Shake up〉，我的喘氣跟貓王聲嘶力竭的歌聲打成一片，在那種情況下，人總會往壞的方面想，那一剎那，我真受不了，我想家，想臺北的同學跟朋友。」

「只要身體健康，身心正常的男子，誰都要經過這個階段，當我幹不下去的時候，我永遠想著一句話：『一樣的生活，人家能過，我為什麼不能過？』我以為與其咬著牙齒度過這段生活，不如以愉快的心情去接受它！」季之寧打心底佩服喬秀夫，從外表看，他只是個文質彬彬的書生，但他內在的毅力，與那種明達事理的處世態度，正是目前大多數浮躁的年輕人所缺乏的。

5

日子堆積，大家的飯量急速增加著。

季之寧記得第一天來時，公家發的那隻大鋁碗，使他吃了一驚。「裝一碗飯，至少有家裡的三碗！」而現在他每餐要吃三大鋁碗飯，那不等於說，回家後他要九碗飯才飽嗎?早晨的饅頭也似乎越來越小，喝一碗豆漿，更是不過癮，難怪有人為了喝豆漿而被罰。有位綽號大水牛的同學，在班長喊：「裝豆漿，聲音要輕！」的口令後，他一面裝，一面就往嘴裡倒，被班長看到了，結果，當大家喝豆漿的時候，他卻高高地被罰站在板凳上，頭上頂著那隻大鋁碗……

6

打靶那天，季之寧全身發抖，心卜卜地跳個不停，他想起《四海一家》裡的安東尼・派金斯，第一次拿起槍瞄準時那種害怕神情，他對自己笑了，安慰著自己：「要有信心！」他不希望自己因打靶成績不及格而被禁足，然而他的希望成了泡影。禮拜天，同學們興高采烈的刮著鬍子，擦著皮鞋，準備外出度假，他卻被罰勞役。

「我真窩囊！」看到喬秀夫，他禁不住責怪自己：「我又被禁足啦！」

「天氣這麼熱，你也沒什麼地方好去，而且跑出去又是車錢，又是飯錢，省些錢不好嗎？」

「可是東海的《修女傳》下星期一定不映了，我辜負了臺北的同學，」他從口袋裡摸出一張遠東戲院的說明書：「他們特為我寄來的，都說不看《修女傳》終生遺憾！」

下午，廿幾個可憐的禁足同學，個個愁眉苦臉，高樂雖然有不肯洗澡的壞毛病，但他不愧為是大家的寬心丸與興奮劑，他很會想出苦中作樂的辦法，他叫韓震生把鬆土的圓鍬豎起來。「你們誰心中有怨氣，發洩吧！看誰先把圓鍬擊倒！」不等他說完，碎石塊像雨點似的擲過去。

圓鍬倒了！

廿幾個人高興的圍成一團，誰都說：「是我打中的！」年輕人畢竟是屬於快樂的。

「瞄不準不打！」有人學著連長的口吻，那是他在實彈射擊時對大家喊出的口號。

又是一陣哈哈大笑。

7

結訓前兩天，有些同學開始顯出本來面目，和班長吵架，和排長頂嘴。

「這真不聰明，」喬秀夫說：「四個月的日子都過去了，為什麼臨走時要給連上留下壞印象，長官對我們嚴格，還是為我們好啊！」

季之寧把班長的口頭語搬了出來：「人上一百，形形色色！」真的，世界原是由各色各樣的人組成，做出來的行為也就各色各樣啦！

8

車子繼續滾動著，季之寧把頭伸出車外，看到戴著口罩蒙著半張臉的甘蔗姑娘正砍著甘蔗。「多快啊！」他來時，青青的一片甘蔗田，看起來雖比人高，卻像那些十五、六歲的年輕人，還嫩得很，而現在他離去時，這些原先青青的甘蔗竟成了枯黃色，並且被甘蔗姑娘砍了下來。

他再望著同伴們的臉，一個個粗壯，結實，黑黑的，好神氣，誰說流汗的生活沒有收穫呵?!

——原載《幼獅文藝》（民國五十一年十二月十五日）

附註

〈也是生活〉，原題〈更上一層樓〉，是我的「出土文物」，埋藏在故紙堆裡五十七年，最近整理舊物突然發現，讓我喜出望外。

在一堆舊剪報中，有一晚因尋找記憶中，曾留下過余範英年輕時當記者，為文星蕭孟能先生歡迎於梨華舉辦新書發表會而寫的一篇報導，卻突然出現幾頁剪報，剪貼的正是〈更上一層樓〉，還有六個小字——「小說組第二名」，但未剪下小說作者的名字，讀了一遍，覺得頗像自己的筆調，是我寫的嗎？可我從未得過小說獎啊，在我的記憶，從學生時代一路走過來，經常投稿被退，參加任何徵文，也總是落選，唯一記得的是，得過香港《亞洲畫報》學生組短篇小說佳作第三十名。

幸虧〈更上一層樓〉文末註明剪報出處，發表於民國五十一年十二月十五日的《幼獅文藝》上，於是拜託《文訊雜誌》資料中心組長吳穎萍，請她查證，不過三、五天，好消息來了——原來〈更上一層樓〉確實是我的作品——是參加民國五十一年十月三十一日蔣總統七秩晉六華誕《幼獅文藝》和《幼獅月刊》聯合舉辦的祝壽徵文，共分論文、小說、散文、廣播劇四組，各取三名和佳作若干名，我得到了小說組第二名，獎金五百元，第一名由社會青年吳德銘獲得，獎金八百元，第三名得獎人為嘉義女中的黃麗貞，獎金三百元。

再仔細回想，為何我會寫下這樣一篇小說？原來此文是我從育英中學考入政工幹校新聞系，在進幹校正式讀書前，由於幹校是軍事學校，不像一般大學，一開學就可背起書包上學去，軍校需先受四個月的入伍訓練，其他如國防醫學院、軍法學校、財務學校、測量學校，只要是軍校生，均無倖免。

五所軍事學校的入伍新生，一律得到臺中「光隆基地」報到，接受為期四個月嚴格的軍事訓練。〈更上一層樓〉，就是我以那四個月在臺中受訓的時空背景寫的小說，透過這篇小說，我的記憶逐漸復活，現在回想，那真是一段「苦不堪言」的日子。

為何我會全忘了，甚至忘了自己以此題材還寫了一篇得獎小說？我想，根據心理學家的解釋，一定是苦到難以忍受，甚至有一種恥辱的感覺——是的，原先我嚮往大學生的浪漫生活，希望進臺大中文系或政大新聞系，由於成績差未能如願，進了一所非我所願的軍校，還要不停地出操，要一個文弱書生拿起槍——還說槍是軍人的第二生命，於我來說，真是羞辱啊！

當然是我成長生命中的「磨難」，沒想到當年的種種「磨難」，如今全成了我難能可貴的「文學礦」。

輯二

在閱讀與生活之間

李長青讀詩隨筆

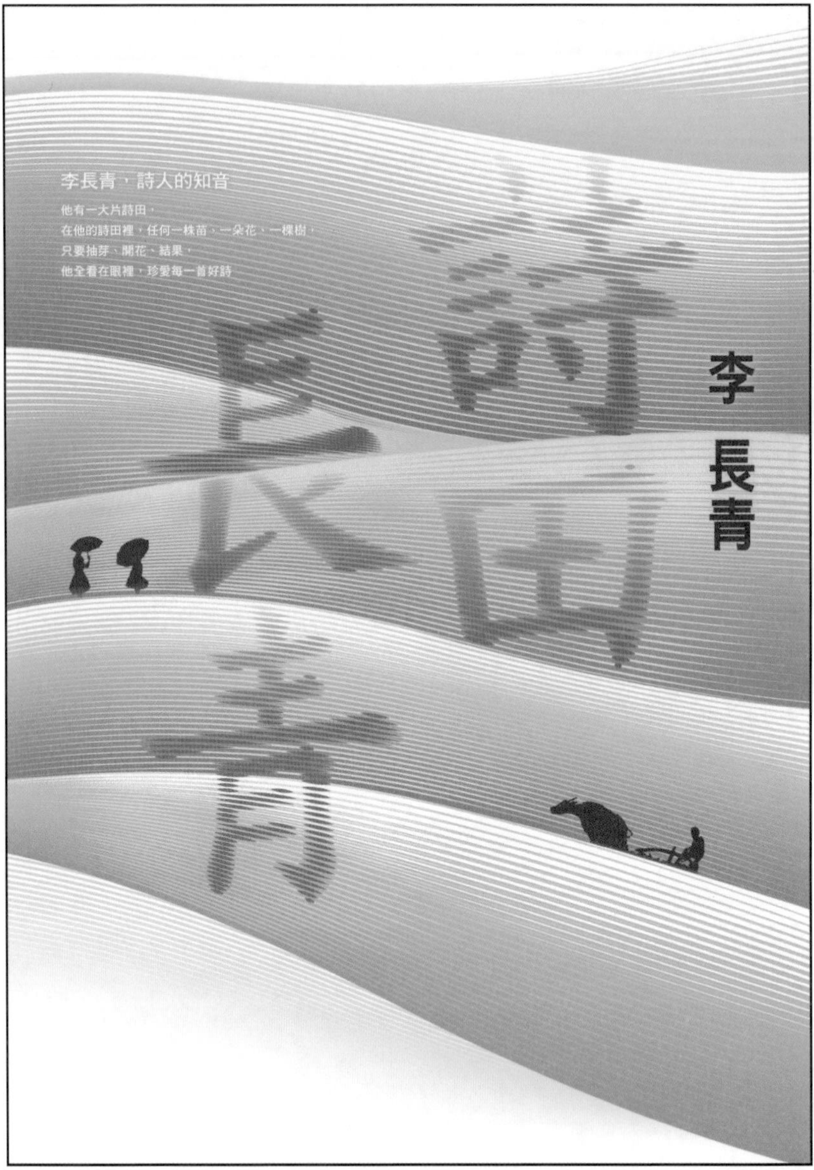
詩田長青
李長青，詩人的知音
他有一大片詩田，
在他的詩田裡，任何一株苗、一朵花、一棵樹，
只要抽芽、開花、結果，
他全看在眼裡，珍愛每一首好詩
李長青

詩田長青

——李長青，詩人的知音

在出版業如此苦澀的年代，我仍然以快樂如跳舞的心情，為詩人李長青出版其賞詩・品詩・論詩的《詩田長青》。

不僅是長青看到了我的詩，同時也看到了許許多多詩人的詩，他有一大片詩田，在他的詩田裡，任何一株苗、一朵花、一棵樹，只要抽芽、開花、結果，他全看在眼裡，珍愛每一首好詩，他對寫出好詩的詩人總是拍拍手，予以關愛，無論古今中外，不分男女老少，誰寫出了好詩，他總是一一剖析，將一首詩的誕生，詩的特質與藝術性，用他曼妙的筆，為我們細品細說，點出詩的精髓，也深入詩的魂魄，當然，詩人為何能寫出如此佳作，長青總是追蹤詩人所以能產生一首詩的源頭和背景。他是詩的解人，他是詩人的知音。

透過《詩田長青》一書，讓我對詩的認識向前邁進一步，也因細讀本書，讓我更親近詩人，說來，李長青年紀雖比我小許多，而他與詩有關的體悟，遠遠超過我這個老人，對臺灣詩壇歷史的流變，更瞭然胸懷，勝過我不知多少；譬如第一篇分析詹冰的圖象詩〈自畫像〉——讀後不但讓我重新認識一位詩人，而其詩之妙不可言已到拍案叫絕地步——整首詩只有兩個圓圈和三個字——星．淚．花——就能將一位悲憫情懷的詩人，他的生命特質、個性、喜好、人生觀全部表露在讀者面前，真是神來之筆。

詹冰（一九二一—二〇〇四）認為「詩人的詩心應發揮誠實、高雅、善良、和諧、美感的光芒，並以淺易明瞭的語言書寫，如此讓愛詩的人看得懂才是好詩。」享年八十三歲的詹冰，生前曾於一九六四年和林亨泰等十二人合組「笠詩社」，並創辦《笠詩刊》。

李長青說：「許多時候，詩歌應該勇於超脫世俗與現實，儘可能追求藝術的美感，尋找純粹的感動，讓我們的心靈獲得平靜。」所以詩應當像小說，可以虛構，可以幻想，把現實世界揉碎，重新組合，成為自己的創作；「但是有些時候，詩歌也應該『關注』我們生活的環境，了解我們的社會……」李長青認為詩可表達且面對我們的歷史，也應探討認同——譬如性別認同、社會認同甚至國家認同。

李長青的意思，詩不必只是虛的、逃避的、出世的，詩也可以是實的、面對的、入世的，說到認同，他舉了白靈的〈對鏡〉和江自得的〈生物統計學〉兩首詩，來印證他的想法。

「時光」，是詩人永恆的命題。李長青讀一個外省老兵的心情：辛鬱（一九三三—二〇一六）的〈六月十八日〉寫他「六十年前來臺的那一天」——

初履高雄港碼頭
年紀輕輕一小兵
裹著一身臭
下船　腳皮發燙
低頭　看不見自己

看不見自己正是茫然所致，他看到的是好辣又好鮮的刺眼陽光，回首前程，辛鬱用詩句告訴我們：「茫茫來時路，一寸寸斷在望眼中。」

原來，「時光」真如另一位詩人席慕蓉所說：「時光是畫在絹上的河流；時光只是空間有限的展示櫃。」

詩可以寫歷史，可以寫地理，可以寫認同，也可寫時光，更可以寫我們的內心，顯然，詩無所不在，詩是小精靈，在門外，在路上，在門內，在內心，明與不明，顯與不顯，均有詩魂，人，只要肯和自己對話，詩心常在。

詩也在野外四周，譬如李長青舉薛赫赫的兩句詩——

黑夜的水田睡在陰影中
睡在自己的寂靜裡

人，只要關心我們的世界，用自己的眼睛，關懷的眼神，立即發現：人世間處處有情，大自然的任何景點，遠望近觀，全是一幅畫，一首詩。

如果你缺少銳利的眼睛，只要敏感度夠，在芸芸眾生裡，無法以詩眼捕捉靈感，不要緊，我們可以靠想像力，請讀李長青以廢名的一首詩為例——

我立在池岸
望那一朵好花，

亭亭玉立
出水妙善，——
「我將永遠不愛海了。」
花花微笑道：
「花將長在你的海裡。」

有了這樣豐富的想像力，你怎麼可能寫不出詩？

除了為我們釋詩賞詩讀詩，李長青在《詩田長青》一書，也為我們介紹了幾位頗具特殊風格的詩人，如曾任教育部長的黃榮村，他年輕時候，曾是水田和竹林巷子奔跑的快樂鄉村少年，熱愛閱讀也熱愛文學；還有一位本名溫德生的林野，七〇年代曾加入高雄綠地詩社，與一群青年詩人共同創辦「陽光小集」，後因林野赴美攻讀生理學博士，一九九一年學成歸國，繼續在空軍服役，致力於航空醫學的研究與教學，但他並未忘情詩與文學，仍舊持續，至少創作之念從未間斷。

李長青另外向我們介紹的兩位有趣詩人是林德俊和錦連。

一點也不錯，林德俊像極了卡通人物——風趣、突兀並且童言童語。

更妙不可言的是，李長青說林德俊就是一個文建會，而且是文建會個體戶。德俊點子多，為人熱情，樂於助人，自己寫詩，也希望天下人人皆是詩人，後來他愛上咖啡，竟然和妻子韋瑋又開起咖啡館來，這時他又希望人人都能喝杯咖啡，但他不會因為有了自己的咖啡館，就忘了詩，不，如今他不但在他的咖啡館裡推廣詩，推廣閱讀，也在任何一個可能的地方，以擔當一個「文宣兵」為榮，如何讓他居住的霧峰成為文化發射中心，將詩風、文藝風、文化風慢慢擴大，吹向臺中、臺南，當然也要吹回他當初服務的《聯合報》大本營所在地：新北市、臺北市，最後，一定要讓全臺灣都文藝、文學、文化起來，「用文化裝扮」，是詩人林德俊一生的卡通夢啊（只有卡通人物才能達到）！

錦連又是誰呢？

錦連（一九二八—二〇一三）是彰化的榮耀。本名陳金連的錦連，少年時代曾北上在鐵道講習所求學，晚年移居高雄養病，他一生都在彰化鐵路局火車站電報房工作，顯然他是一位鐵道詩人。

一生與鐵道為伍，在他心目中，火車像一條蜈蚣，一生在匍匐前進，匍匐到歷史將要湮沒的那一天……

而無論蜈蚣（火車）多麼努力，將一廂廂的旅客送往目的地，火車站最後總是空無一人，只剩長長的兩條寂寞軌道……這樣一生一世的觀察，養成了錦連孤獨的性格，幸虧有文學相伴，能以詩句表達自己內心的憂傷，讓錦連找到了精神寄託。

《詩田長青》書分二輯，輯一為「夏日遠去」，此輯為「甜美篇」，適合一般愛好文學的人閱讀，也可分到易「懂」之部；輯二為「非主題的流連忘返」，是詩的「晉級」版，也屬「苦澀篇」，應列入「不易懂」之部，一般讀者讀後會出現「茫茫然」、「霧煞煞」之感。

以我自己來說，雖為蘇紹連《孿生小丑的吶喊》出版人，但以前讀不懂此書，可以因係臺語詩之故搪塞過去，如今李長青細細分析評介，老實說，仍無法引起我共鳴，這就有些說不過去了，我只能說，趣味無爭辯，各有選擇，一如人和人之間，有人投緣，有人不投緣，讀書、讀文章，有些能神領意會，立即進入狀況，而且越讀越有趣，彷彿擊中我們的胸懷，每一篇每一句都讓我們讚嘆，也另有一些「經典」，儘管專家學者推薦，無論如何我們努力地設法閱讀，就是讀不進去，像一枚硬果，怎麼咬也咬不動，只好望洋興嘆。

這純然是每個人閱讀品味和興趣之迴異，勉強不得，或者說因緣未到，某年某月，忽然開朗，原先讀不懂的突然懂了，原先無感之書，突然讀出了其中的奧妙，說來說去，在於一個關鍵詞——「悟」，無論「自悟」或「他悟」，觸動到我們的「初心」，是謂

「開竅」，一旦開了「竅」，我們會拍案大叫，但願有一天，我的「慧根」能從初階晉升，懂得晦澀之妙，那時，我會舞之蹈之。

願以此和許多讀不懂現代詩的朋友共勉。

世界原本都是赤裸的

——從洛夫的〈赤裸〉說起

洛夫的〈赤裸〉是他七十行中長型詩〈裸奔〉中第二節裡的「六行」，這短短六行，可寫盡了世間一切的「原來面貌」。

白靈在他為自己「玩詩的下午」設計的廣告單子上，居然也隱藏了一首可愛的小詩：

雲，裸體的　馬，裸體的
詩是我的雲　我的馬
詩，飛入你眼睛的小馬

世界原本都是赤裸的。作家木心，也曾說過一句話：「偉大的藝術常是赤裸的，雕塑如此，文學何嘗不如此。」

我也曾以十五則語錄體，寫過一篇〈關於裸體〉（見拙作《草的天堂》頁一九一），我說：如果芭蕾舞是裸體的，如果棒球賽是裸體的，我會欣然前往觀賞，裸睡、裸泳、裸走……也該試試裸著喝一壺茶。

就像洛夫寫的詩，世界原本都是赤裸的。有了人類，人發明了衣服，發明了門——衣服代表人類進化到了文明，而虛偽亦隨之產生；至於關門，更讓人與人之間有了距離，有了隔閡。

「你這樣寫，難道希望把人再帶回到獸的原始境界嗎？」

「當獸成為人，成為人的社會，人其實早已回不到最初獸的自然狀態，但你認為人比獸更善良嗎，特別是當人為自己訂下了法律，知法犯法的結果，人早就比獸更恐怖。人不再赤裸，代表的是，人離自然越來越遠，失去了人原先的天真。人，穿上了『慾望』的衣服，人真的愈趨複雜。複雜得人除了身體的疾病，還有嚴重心理的各種隱疾，啊，難怪人人都有困境，還是跳一場不穿衣服的赤裸之舞吧！」

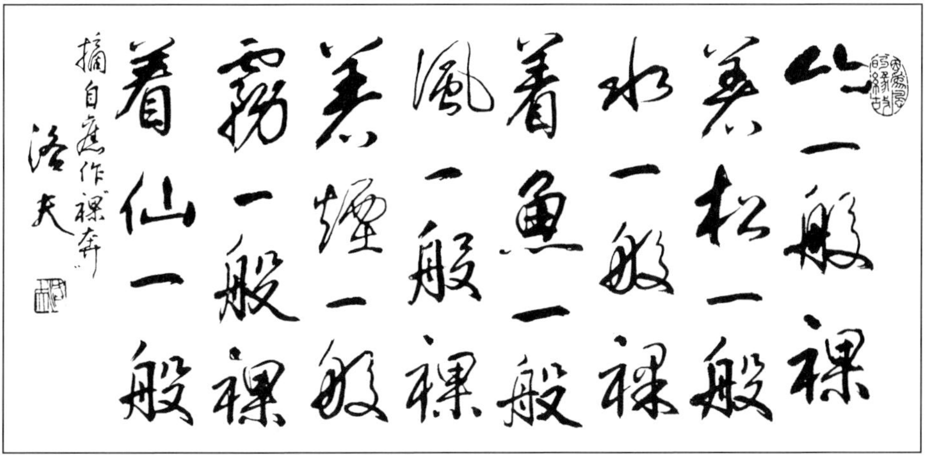

赤裸

洛夫

山一般裸著松一般
水一般裸著魚一般
風一般裸著煙一般
星一般裸著夜一般
霧一般裸著仙一般
臉一般裸著淚一般

洛夫，湖南衡陽人（一九二八—二〇一八），著有詩集《靈河》、《石室之死亡》、《外外集》、《魔歌》、《眾荷喧嘩》、《時間之傷》、《釀酒的石頭》、《因為風的緣故》、《月光房子》、《隱題詩》、《雪落無聲》、《背向大海》、《漂木》（長詩）等十數冊，現均收在《洛夫詩歌全集》（共四卷）中，由普音文化公司印行。

「詩魔」洛夫在亙古的詩創作跑道上奔馳，在莽莽的文學曠野中踽踽獨行，他在詩園地的步履激起了來自四面八方震耳不絕的迴響，而日積月累匯集成詩人蕭蕭為他編的：《詩魔的蛻變》。共收廿二位兩岸當代著名詩人和評論家的數十篇評論，對洛夫的形上思維，美學信念，生命情態，意象鑄造，語言風格的蛻變，以及西洋與中國的融會，現代與傳統的辨證等，都有深刻而多層面的剖析和評述。

「詩魔」洛夫，是臺灣詩壇的巨人，爾雅先後為他出版過五本書，一九九三年三月的《隱題詩》，看似遊戲詩，卻也是自定規律、自我約束和自我訓練的結晶品；一九九八年的《落葉在火中沉思》，是一冊散文集，詩人寫散文，意境超俗，智慧火花四射，讀來讓人彷彿在雪路上散步，冷冽但精神抖擻；次年，洛夫真的交給我一本以雪為書名的詩集——《雪落無聲》，詩集中的詩，均完成於他加拿大的書房——雪樓，在雪樓寫〈雪落無聲〉，代表他的寂寞——而寂寞正是詩人創作靈感的來源，沒有寂寞和孤獨，這世上根本就不會有文學。二〇〇七年，洛夫詩中絕品《背向大海》完成，爾雅榮幸，又得到這本詩集的出版權；《背向大海》是洛夫繼長詩《漂木》出版後的產品，中間一度停筆半年，詩田荒蕪，顆粒無收，外界以為《漂木》是他封刀之作，沒想到，再出發，詩風大異其趣，蒼涼、老辣，首首耐人尋味；最有意思的是，詩人還自我解讀他的一首敘事詩〈蒼蠅〉，由解釋中，亦道出其詩觀：推廣詩的新傳統——「一種新典律的建立。」「新典律一個明顯的性格就是創新」，洛夫強調：「卻不可忽略求好。『新』一夜之間可成，而『好』則非經過長時間的淘洗與錘煉不可。」

真是語重心長。

蒼涼舊事

——讀《看雲集》

《看雲集》（志文出版社）是一部小書，正文部分不過二萬五千字上下，十篇文章，倒有四篇悼文，張道藩、夏濟安、左舜生、陳西瀅之外，胡適之先生亦早已作了古人。另外五篇憶舊文字，所說的五位先生：周作人、冰心、老舍、沈從文和楊今甫（振聲），人都在大陸，但時有死訊傳來，本書作者梁實秋說：「這年頭兒，彼此知道都還活著，實在不易。」

這是一本十分蒼涼的書，書裡所寫的人與事都在逐漸凋零。翻開目錄，非憶即悼，再看自序，實秋先生劈頭第一句話就是：「人到老年，輒喜回憶。因為峰迴路轉柳暗花明的階段已過，路的盡頭業已在望，過去種種不免要重溫一番。」隨著實秋先生的筆觸，我們似乎被他帶到另一個時代——人們常常談論的三〇年代，三〇年代彷彿是一個人才濟濟，文人輩出的年代，溫文爾雅的讀書人，一派書生本色，個個特立獨行，如今使我們朗朗上口的名字至少還有徐志摩、朱自清、夏丏尊、羅家倫、蔣夢麟、吳稚暉……而從《看雲集》一書中十位先生的信札看來，更使人不勝感懷，友情濃郁，翰墨書香，一個完全和現在不同的時代，而我們活在七〇年代，社會上處處呈現著荒謬、邪惡和膚淺，忙碌使我們遺失了靈性，大多數人追逐的是官能上的享樂，或者只為著生活奔波。讀書，或者說是精神上的充實，已經變成一種漫畫式的自諷題材。

讀《看雲集》還有一點感想：三〇年代和七〇年代讀書人所不同的，前者可能卓有見識，並不俯仰隨人，而後者恰恰相反，多的是諾諾之士。在〈悼念道藩先生〉一文裡，我們更看到了三〇年代知識分子明辨是非堅忍不撓的精神，當年左傾分子以黨部為庇護所，製造風潮，反抗校方。雖然召請保安警察來驅逐搗亂分子，但警察不敢進入黨部捉人。這時激怒了正擔任青島大學教務長的張道藩，他面色蒼白，兩手抖顫，率領警察走到操場中心，面對學生宿舍，厲聲宣告：「我是國民黨中央委員，我要你們走出來，一切責任我負擔。」由於他的挺身而出，學生氣餒了，警察膽壯了，問題也解決了。事後他告訴實秋先生：「我從來不怕事，我兩隻手可以同時放槍。」

在《看雲集》一書裡，這樣表現文人風骨凜然的小故事俯拾即是，實秋先生文字嫻熟順達，人所皆知，很難挑出廢字廢句，所以儘管它只是薄薄小書一本，其價值卻遠勝若干部百萬字的所謂「巨」著。

——選自《快樂的讀書人》（爾雅．一九七五年）

穿越時光之書

——二讀《看雲集》

梁實秋（一九〇二－一九八七）的《看雲集》，一九七四年三月，由志文出版社印行，四十五年前的一本舊書，此書甫出，我就先睹為快，購買一本，由於喜歡，立即寫了讀後感，以「林歌」筆名，在一九七四年九月出版的十八期《書評書目》「第三隻眼」專欄上發表，後收入我在爾雅出版的第一本書《快樂的讀書人》一書中。

世事如雲，如今一切煙消雲散，實秋先生早成九泉之客，而《看雲集》一書亦已絕版多時，連舊書店都遍尋不著，我自己珍藏的一本，數度搬家，早就不知去向，不要說四十五年前出版的《看雲集》，就是我自己爾雅出版的《快樂的讀書人》，同樣絕版久矣！一切都是空有，一切都像夢一場！

但心裡就是想再讀一次《看雲集》，於是求救於應鳳凰，這位天下奇女子，她藏著許多人讀不到的書，居然也回說找不到了，她當然看過此書、讀過此書，藏著此書，最後還是撥電話來，抱歉的說：「怎麼找也找不到……」

她也有求救管道──她向愛書人陳文發發出訊號，有一天，手裡拿著《看雲集》的文發，出現在我辦公室前。

多麼感謝，滿屋子書皆寂寞，此刻惟有《看雲集》是寵兒，雖薄薄只有一二〇頁，三十二老開本，重讀更覺雋永典雅，實秋先生的文章看似樸素、簡潔，內容卻深沉、有力，在寫作的世界他是一位懂得節制的人，他的文章，表面上簡明、淺顯，實則下了大功夫剪裁，真的是句斟字酌，篇篇費心，難怪在新文學史上，他能成為一代文宗。

民國六十三（一九七四）年讀此書時，書中十位傳記主，還有幾位尚存人世，如今全都成了古人。十位中，僅胡適、張道藩和夏濟安來到了臺灣，左舜生到了香港，周作人、冰心、老舍、楊振聲、陳西瀅、沈從文均留在大陸。人的命運多麼不同，誰會想到好好一個國家，突然因為有人革命，一分為二，人民於是必須選擇，命運因此大不同，一甲子的分割，雙方雖然又可以通郵通商通航，但大多數當年的家人、親戚、朋友已經天人永隔，譬如寫《看雲集》的梁實秋，當年和書中十位傳記主，都是多麼談得來的親密之人，有的在一起教書、有的是朝夕相處的鄰居，也有的是經常在一起喝酒吃飯無話不說的朋友，可一旦兩岸成為敵人，所有分隔兩地的人再也無法得知對方的訊息，偶爾傳來老友不在人世的消息，這時除了寫篇悼文，也只能抬頭看看天空的雲，除了嘆息兩聲，還能說什麼呢？

重讀此書最大的快樂是，彷彿接觸到三〇年代的文人，而且隨著實秋先生的筆，連「新月」的一些朋友，好像都在眼前走動，譬如交遊廣、應酬多的胡適，「住上海極司菲爾路的時候，有一回請『新月』一些朋友到他家裡吃飯，菜是胡太太親自做的——徽州著名的『一品鍋』……徐志摩風趣的說：『我最羨慕我們胡大哥的腸胃，天天酬酢，腸胃居然吃得消！』」

又如「左舜生最近他兩度來臺，百忙中均來舍下話舊，風神蕭散，臞儒本色，我們由往事談到舊遊，由羅努生之抑鬱以終談到王右家之潦倒病死，由胡適之先生的水經注談到常燕生先生所作『玩物喪志』之批評，由某些學者之不知藏拙妄論中西文化談到某些不善詞章的人之吟風弄月附庸風雅，由我們的日常起居談到寫作計畫，他意氣飛揚，亹亹不倦。最後一次臨行時他說：『以後我每次來臺必定要來看你——』像這樣老友相逢的快樂對談，多麼令人羨慕！」

一首歌、一部電影、一篇傳記，都能穿越時光隧道，將千年百年的時光拉回來，小小一本書，讓我和梁實秋、胡適、徐志摩、楊振聲、沈從文……共遊，聽他們說話，瞭解他們的想法，讓我迷醉其中，啊，也可以說，書中無日月，一旦專心讀，現實世界的煩惱和困苦皆可暫時忘記，讀書樂，讀書真是快樂！

寫《看雲集》出版自序時候的梁實秋不過七十二歲，已有「臨老」之感，他說：「這時節，『鑒中之髮，蒲柳望秋衰，眼中之人，風雨俱星散。往者託體同青山，繼者漂零不相見。』（黃魯直語）我在這種心情之下寫了幾篇回憶舊遊的文字。」

而我讀《看雲集》，第一次讀時才三十七歲，由於自己還年輕，只感染到一絲老人的蒼涼味，而如今二次重讀，自己已是八十有二之年，八十二歲讀七十二歲實秋先生的書，突然有了同遊之喜，我似乎已擠進他們的圈圈裡，成為他們之中的一員，於是當「飲中八仙」喝酒同樂時，禁不住我也會拿起亮晶的紅酒水晶杯，向他們共同說一聲：「我乾杯，諸老仙隨意！」

現在，讓我們來算算本書中的十位傳記主，到底在人世活了多久？

周作人	一八八五—一九六七	八十二歲
楊振聲	一八九〇—一九五六	六十六歲
胡　適	一八九一—一九六二	七十一歲
左舜生	一八九三—一九六九	七十六歲
陳西瀅	一八九六—一九七〇	七十四歲
張道藩	一八九七—一九六八	七十一歲

老　舍　一八九九—一九六六　六十七歲
冰　心　一九〇〇—一九九九　九十九歲
夏濟安　一九一六—一九六五　四十九歲

而作者梁實秋，和沈從文同年，也是一九〇二年生，可他比沈從文少活了一歲，以八十五之壽，在臺北過世。

十位傳記主，最長壽的是唯一的女性冰心，活了九十九歲，果然女人比男人長壽；最短命的是夏志清教授的哥哥夏濟安，他只活了四十九歲。

另外八位，活過八十的有兩位，四位七十餘，還有兩位，六十多就成了九泉之客。進入二十一世紀，人類壽命普遍延長，六、七十歲就走人，總讓人惋惜生命早凋，但比起魯迅五十五歲，朱自清五十歲，徐志摩三十四歲紛紛告別人世，能活六、七十歲，又屬幸運了。

薄薄一本《看雲集》，書中十位傳記主，豈止十個故事，每個人背後都是一本大書，都有說不盡道不完的故事，值得我們搜尋，他們每個人精采的一生。

其中，沈從文是透過徐志摩，進入胡適擔任校長的中國公學教書，教書期間，沈從文愛上了學生張兆和，他熱烈追求，寫了許多信給張，由於沈從文為人木訥，未獲對方青睞，而沈從文並不氣餒，繼續進攻，終於惹怒了張兆和。

於是有一天她帶著一大包沈從文寫給她的信去謁見胡校長，請胡適作主制止這一擾人舉動的發展。張兆和指出了信中這樣的一句話：『我不僅愛你的靈魂，我也要你的肉體，』她認為這是侮辱。胡先生皺著眉頭，板著面孔，細心聽她陳述，然後綻出一絲笑容溫和的對她說：『我勸你嫁給他。』張女士吃了一驚，但是禁不住胡校長誠懇的解說，居然急轉直下默不做聲的去了。胡先生曾自詡善於為人作嫁，沈從文的婚事得以圓滿便是他常常樂道的一例。

啊，這真是文壇千古佳話！讀《看雲集》，故事裡有故事，人物後，還有更多人物，一個牽連一個，像連環套，這真是一本最薄卻又最豐富的書，何況，書中還留下了傳記主珍貴的毛筆字。值得我們細細品賞。

「五四」（一九一九—二〇一九）百年，梁實秋《看雲集》書中懷念的十位人物，甚至梁實秋自己，都可說是五四人物，這些曾經影響我們的人，要不是有書牽連，離我們何其遙遠……

忽然翻過一頁，就此改朝換代

——讀《書，記憶著時光》

一九八九年之後，白先勇的重要作品從文星、晨鐘、遠景開始一分為二，一半在爾雅，一半在允晨文化，我也透過先勇的介紹，認識了在允晨上班的廖志峰，高高帥帥的一位年輕人，成為我的同業。

二〇一三年六月，我在《文訊》三三二期上讀到廖志峰專欄上的一篇〈側影〉，〈側影〉讓我側目，重讀細讀第二遍之後，我開始不放過任何廖志峰的文章，也介紹給好幾位有閱讀習慣的朋友，志峰的才華讓我折服。

磨劍二十年，廖志峰終於出版了他的第一本書——《書，記憶著時光》。

讀完此書，才知道，他最好的幾篇文章，我全錯過了；我寫過五、六十種書，說來說去說不清的事，廖志峰用一本書就說得明明白白；所有愛書的人，一旦翻讀《書，記憶著時光》，都會成為「愛書狂」——這本以書為主軸，環繞著書的歷史，上下古今，廖志峰寫來，彷若在寫書的百科全書。

讓人驚異的，這是作者的第一本書，他到的地方也多，美洲、歐洲、中國大陸，為了編輯業務，他親訪作家，而他又是從最基層的搬書小兵做起，他對世界文藝思潮不陌生，對「閱讀器革命」的前因後果也了然於胸；臺灣從事出版的同業，成天在倉庫打轉的少說也有三千人吧，我自己就是其中之一，我寫過一首題為〈書的哭聲〉的詩，但未能像廖志峰以銳利慧眼，把倉庫刻劃得淋漓盡致，他寫出了倉庫的氣味，他說倉庫是「遺忘書之墓」，他指出倉庫具有廢墟的元素，在他眼裡，倉庫也是一個勞動場所，這讓為志峰寫序的封德屏也看到了這個場景——書從一樓搬到二樓，二樓搬到一樓，左腳右腳，右腳左腳，揹著書反覆登樓，直到汗流浹背……像進行陶侃搬磚的儀式……志峰在〈倉庫〉一文，如是描寫著在出版社工作時與書籍的肉搏接觸，一直寫到「書本最終會回到紙廠，目送裝滿一部箱型車的書，最終只賣得二百多元，剛好夠買幾罐啤酒。書的告別式，有時白蟻也會摻一腳……」

從「閱讀」、「寫作」、「書本」、「編輯」、「書店」、「倉庫」，這本「談書天地」的書，作者總是在問：「為什麼從事出版？」原來「出版是一種抵抗，抵抗遺忘，抵抗庸俗。」但令人意外的是，二○○七年十一月，當亞馬遜網路書店推出「電子書閱讀器」，點燃第一把火，把「閱讀器」從美國市場，越過大西洋進駐英國，甚至還越過太平洋進軍日本……紙本書的命運像是捲入碎紙機般的時代漩渦……

書本是文字的載體，從文字到卷軸到成書，再到無紙的過程，這其實是一個幾千年的文明歷程，忽然翻過一頁，就此改朝換代。

廖志峰說，「閱讀器的問世，把紙本書推回到新穴居時代」。

廖志峰不像我，他全面接受新的科技文明，他會使用新的載體，他在電腦終端機前，手機螢幕或閱讀器上讀完一本本新書，他享受著如福音的新科技，但同時又感覺好像少了什麼，讓他若有憾焉，忽然他從讀班雅明《迎向靈光消逝的年代》，自「靈光」二字想起了「紙韻」，是的，正是「紙的韻味」，或許會讓「紙本書」繼續在人間漂流，不致立即被「閱讀器戰爭」立即消滅。

——原載二〇一五年八月二十二日《聯合報》副刊

黑野（柯慶明）在爾雅出版的三本書

黑野的智慧

不知自己在煩惱些什麼？就是悶悶不樂。

晚上翻讀自己十五年前編的《十句話》，這本書真好，裡面全是晶瑩的珍珠，至民國八十九年，共印了三十四刷，將近七萬冊的銷路，當然是暢銷書，不知為何，八十九年之後就不銷了，總之，這兩、三年來許多好書和好作家都在走背運，突然之間，我們的青少年彷彿都不讀課外書了，他們全上了網路，和書本漸行漸遠……

作為一個文學出版人，確是籠罩在慘霧愁雲裡，還好，黑野的〈十句話〉救了我，其中第七句：「沒有煩惱，要智慧幹啥？」

我的智慧，走失掉了，還是在街角迷了路？

第六句，「對憂鬱的輕雲，不去在意它的存在，一如青山不在意雲霧的輕籠圍繞時，你就會擁有青山的安寧與恬靜。」

還有第二句：「『自己』是永遠無法擺脫的樊籠。事實上我們需要它，一如燭的光焰需要燈籠來穩定。」

更引人反覆思索的是第五句：「有些生命是枯萎了的，雖然繼續存在，像海邊的拾貝，也許它很美麗，但翻開來一看，卻是空的。不再超越了的生命是該放到博物館去的。」

就是這幾句話，讓我彷彿進了莊嚴肅穆的教堂，我低下頭來告解、懺悔，突然我有一種清明，煩惱已經被我拋棄，闔上書本，我可以安然入睡了。

這是二〇〇二年六月十一日，我的一則日記，寫下自己讀黑野〈十句話〉的感想；黑野是柯慶明的筆名，慶明兄突然於今（二〇一九）年四月一日辭世，享年七十三歲，一個經常對人笑眯眯且樂於助人的老朋友，怎麼說走就走，令人扼腕。

柯慶明在爾雅前後出過三本書，一九九六年的《省思札記》，一九九九年的《昔往的輝光》和《2009／柯慶明》。第一次在爾雅出書，柯慶明剛好五十歲，正是他生命的盛年；意氣風發的日子，他正在哈佛進修。旅居哈佛的歲月，也是慶明一生中最優閒快樂的日子，他說：「通常總是在曦微的晨光中率先醒來，一個人佇立在狹窄但卻有窗有門通往戶外的廚房，室外有時積雪，有時微雲，但卻永遠是清晨特有的寧靜與爽氣。

一邊看望著瓦斯爐上半透明的鍋內沸騰翻滾，氣息氤氳；一邊彷如等待黃粱夢熟的微妙心情。」找出紙筆寫下一些零星感想，返臺後重新整理，九〇年代中期，讀報紙副刊的人多，「聯副」的瘂弦、「中副」的梅新，「華副」的應平書，紛紛向他邀稿，慶明把發表過的稿件彙編成冊，交「三民」和「爾雅」出版，前者書名《靜思手札》，後者書名《省思札記》；隔了三年，他又以感恩懷念之筆寫下《昔往的輝光》，他寫的人物包括臺靜農、鄭因百（鄭騫）、葉慶炳、屈萬里、朱立民和齊邦媛等教授，這幾位教授也都是柯慶明在臺大的老師，學生寫老師，充滿孺慕之情；詩人唐捐說柯慶明留存了「臺大師長的風神韻致」。指的就是《昔往的輝光》這本書。

柯慶明的《昔往的輝光》可以和梁實秋《看雲集》擺在一起讀，「兼具詩意與史筆」。

曾經有人說「臺大」承襲了「北大」的精神，至少在《昔往的輝光》，透過柯慶明情濃意深的散文之筆，我們感覺到了「談笑有鴻儒」的薪傳和人文精神。早年的臺大名師如雲，除了慶明書裡提到的幾位教授，還有王夢鷗、俞大綱、莊嚴、毛子水、張亨、金祥恆……這些教書先生，無論年老年輕，個個滿腹經綸，說話幽默風趣，慶明日日跟隨在這些老師身旁，讓他覺得心靈因啟蒙而開放，讓他覺得自己進入了一個「美麗新世界」，彷彿發現所有星座的喜悅，更是一種「到上都之路」，啊，那也是柯慶明生命中的輝光歲月。

又隔十年，此時柯慶明已經六十三歲，他又交出《2009／柯慶明》，透過這本日記，可看出他的忙碌異於常人，慶明自己在二〇〇九年十二月三十一日的日記裡也有了省悟：「在電視螢幕的跨年煙火中，努力想寫一點稍微具文學意味的日記，終於發現了自己極為狼狽的真相——我開會太多；我審查、考試與講評太多，我演講太多；總體而言，自我靈修與純粹為性靈而閱讀的時間少了許多；在塵俗之事中充滿了「聲音與憤怒」，讓日子過得越來越像「白痴說的故事」！我能像陶淵明那樣：「悟以往之不諫，知來者之可追；實迷途其未遠，覺今是而昨非」的截斷眾流，重新開始嗎？

張春榮與極短篇

一九九三年為張春榮出版《一把文學的梯子》，至今已二十二年。

春榮是臺灣師範大學國文系博士，他自小苦讀，完全憑自己努力，終於登上臺北教育大學語創系教授的寶座，得來不易，他「以修辭學理論為基礎，由古典走向現代」，一九九九年，在爾雅出版《極短篇的理論與創作》，他於一九八七和一九九〇年最初出版的《含羞草的歲月》（師大書苑）和《狂鞋》（聯經），就是以「極短篇」初始啼聲，後來步上講壇，教的課程剛好又是「小說選及習作」、「文學創作與鑑賞」，十四年中，採擷前賢高論，致力於極短篇研究，進而探究理論。如今成為這一門學科的專家，也是其來有自。

張春榮在《文訊》上發表的〈爾雅極短篇微觀美學〉就是他全方位，將近三十七年來「極短篇」在臺灣從詩人瘂弦於聯合報推動小而美的書寫開始，進而，爾雅於一九八七年大量出版「作家極短篇」，並出版由瘂弦等著的《極短篇美學》（一九九二，爾雅），這股「極短篇」旋風影響深遠，特別是馬來西亞、香港、澳門……凡有華人熱愛寫作的地方，由於「輕薄短小之中又常含哲理」，且易於下手，所以為初習寫作者喜愛，「極短篇」遂成為登上寫作之路的敲門磚。

而春榮就是這座「極短篇花園」裡最盡職的園丁。

附註：如今，學術研究之餘，春榮仍不忘創作，《南山青松》就是他一張最漂亮的成績單；尤其得到在師大教書退休的藹珠鼓勵，兩人在「極短篇」花圃種出許多美麗花朵，真是令人羨慕，爾雅幾乎放棄的志業，由春榮繼續接手發揚光大，在大專院校開花結果；「極短篇」——「小就是多」的小中見大美學觀，已經傳揚開來，這一股新勢力，將無遠弗屆。

《南山青松》，張春榮著（爾雅）

快樂的一天

年過八十之後，從下而上，身上器官逐漸都在老化，原先紅潤的腳趾頭開始變得灰暗，然後是老屁股和老肚子，前者不耐久坐，後者惹人嫌，再往上是一副老肩膀，已無挑重功能，卻讓你時感酸痛，難怪別人見了先在背後喊你老頭，沒多久，就直面而來，理所當然的被喊老頭了。

成了老頭兒，人生快樂的事兒月月減少，煩惱事兒卻日日增多，總算老天仁慈，偶爾還是會給我們這些無甚希望的老者少許亮光，讓我們在失去青春年華之後，仍可回味人間溫暖。

二月十三日，進辦公室不久，抬頭忽然看到當今出版大亨遠流主人王榮文兄光臨，真是「蓬蓽生輝」，甚感榮幸，於是一杯白開水相迎，就坐在我雜亂的辦公桌前聊將起來，主要，拙作《大人走了，小孩老了——中國人大災難　七十年》出版後送了一本給他，看到我寫他的一則，其中有句「三起三落」，於是收到他一封信，認為我下筆必有

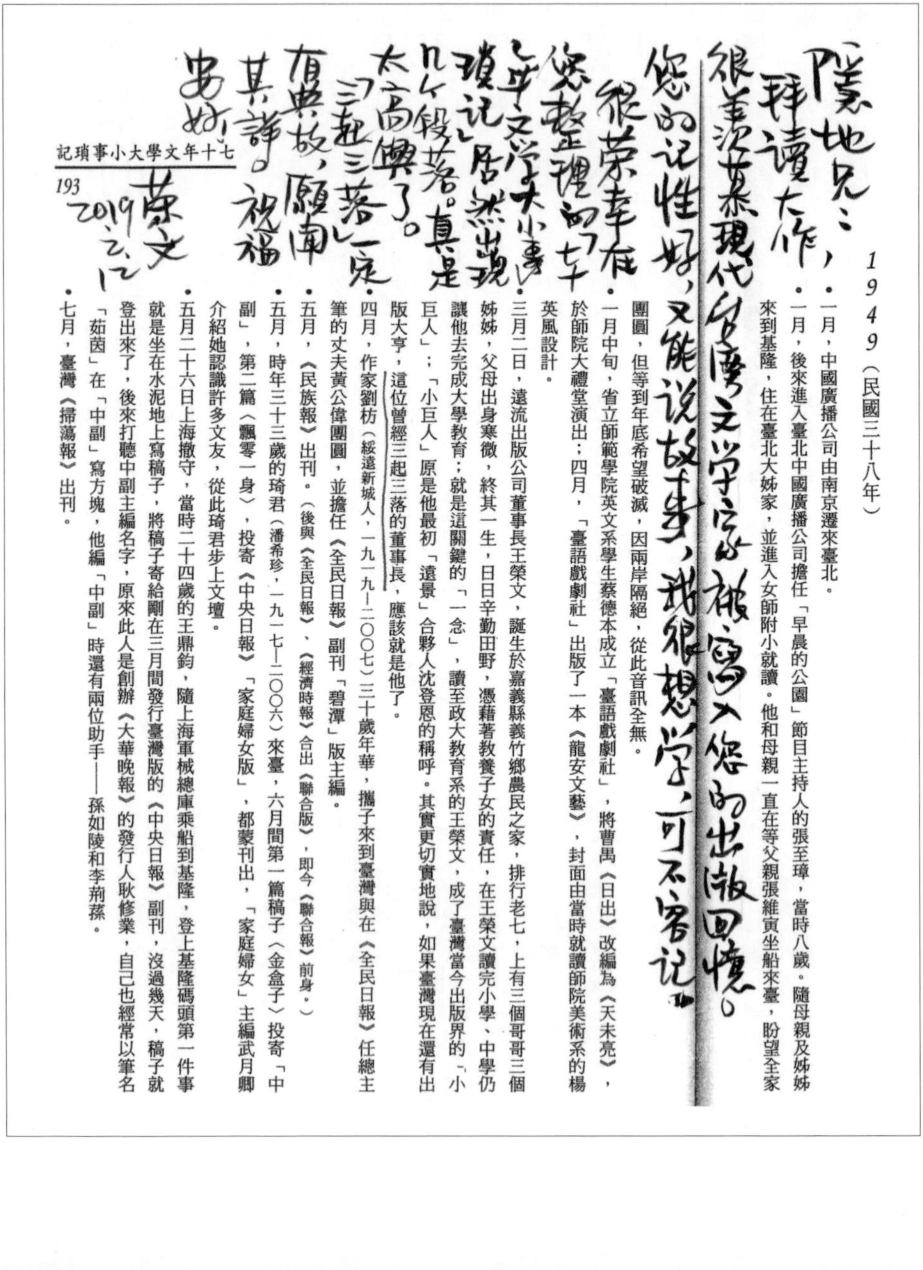

1949（民國三十八年）

- 一月，中國廣播公司由南京遷來臺北。
- 一月，後來進入臺北中國廣播公司擔任「早晨的公園」節目主持人的張至璋，當時八歲。隨母親及姊姊來到基隆，住在臺北大姊家，並進入女師附小就讀。他和母親一直在等父親張維寅坐船來臺，盼望全家團圓，但等到年底希望破滅，因兩岸隔絕，從此音訊全無。
- 一月中旬，省立師範學院英文系學生蔡德本成立「臺語戲劇社」，將曹禺《日出》改編為《天未亮》，於師院大禮堂演出；四月，「臺語戲劇社」出版了一本《龍安文藝》，封面由當時就讀師院美術系的楊英風設計。
- 三月二日，遠流出版公司董事長王榮文，誕生於嘉義縣義竹鄉農民之家，排行老七，上有三個哥哥三個姊姊，父母出身寒微，終其一生，日日辛勤田野，憑藉著教養子女的責任，在王榮文讀完小學、中學仍讓他去完成大學教育；就是這關鍵的「一念」，讀至政大教育系的王榮文，成了臺灣當今出版界的「小巨人」；「小巨人」原是他最初「遠景」合夥人沈登恩的稱呼。其實更切實地說，如果臺灣現在還有出版大亨，這位曾經三起三落的董事長，應該就是他了。
- 四月，作家劉枋（綏遠新城人，一九一九—二〇〇七）三十歲年華，攜子來到臺灣與在《全民日報》任總主筆的丈夫黃公偉團圓，並擔任《全民日報》副刊「碧潭」版主編。
- 五月，《民族報》出刊。（後與《全民日報》、《經濟時報》合出《聯合版》，即今《聯合報》前身。）
- 五月，時年三十三歲的琦君（潘希珍，一九一七—二〇〇六）來臺，六月間第一篇稿子〈金盒子〉投寄「中副」，第二篇〈飄零一身〉，投寄《中央日報》「家庭婦女版」，都蒙刊出，「家庭婦女」主編武月卿介紹她認識許多文友，從此琦君步上文壇。
- 五月二十六日上海撤守，當時二十四歲的王鼎鈞，隨上海軍械總庫乘船到基隆，登上基隆碼頭第一件事就是坐在水泥地上寫稿子，將稿子寄給剛在三月間發行臺灣版的《中央日報》副刊，沒過幾天，稿子就登出來了，後來打聽中副主編名字，原來此人是創辦《大華晚報》的發行人耿修業，自己也經常以筆名「茹茵」在「中副」寫方塊，他編「中副」時還有兩位助手——孫如陵和李荊蓀。
- 七月，臺灣《掃蕩報》出刊。

隱地兄：
拜讀大作，
很羨慕現代台灣文學家被寫入您的出版回憶。
您的記性好，又能說故事，我很想學，可不容記。
很榮幸在您整理的「七十年文學大小事瑣記」居然出現幾個段落。真是太高興了。
「三起三落」一定有典故，願聞其詳。
祝福
安好！
榮文
2019.2.12

典故，「願聞其詳」；隔了些時日，在國際書展遇到他，又談起此事，但當時人多嘈雜，我說再找機會喝杯咖啡碰碰面，想不到他真的出現在我面前。兩個老出版人，一旦話匣子打開，一個上午一閃過去，說到日正當中，榮文兄建議我們到餐廳一面用餐，一面把兩人當年辦遠流和爾雅的故事，再繼續回味一番……

談起從前，免不了會從兩人共同的朋友沈登恩說起，榮文和登恩，還有一位當年臺大心理系畢業的鄧維楨，三人於一九七四年三月合作成立遠景出版社，四十五年前的舊事，我們兩人以拼圖方式，將過去的歷史一一拉回來，只要談年輕時的創業，兩人似乎立即減少了三十歲，說話的聲音也自然拉高，中間夾雜笑聲，真是一次讓人回味無窮的歡聚。

餐後，坐榮文兄的車回辦公室，能贏得「出版大亨」頭銜，當然必有其奮鬥的心路歷程，出版業向來是窮行業，能擁有一部汽車，如今在臺灣，雖說毫不稀奇，但請得起專任司機，日夜隨時待命者，就不多見了，榮文是少數我見過司機隨喚隨到的出版業發行人，在紙本書眼看危急存亡之秋，他的出版社仍能擁有一五〇多名員工，說「三起三落」，顯然是我未能恰當引用成語，改成「三落三起」，立即成為一則感人的勵志故事。

下午在辦公室剛接兩、三通電話，突聞室外有人說要買隱地的書，並請問隱地先生

王榮文（左）與隱地（右）在汀州路瑪德蓮法式小酒館談四十年文壇往事及經營出版的悲歡回憶。

在不在，我趕緊起座走往外室，見一中年女子，她說自小讀我的書，剛讀完《深夜的人》，想要買《清晨的人》，並問我是否還有新作？我們的小趙經理，立即將「年代五書」一字排開來，她又說也想補齊我的詩作，等到書全部搬到桌上，她二話不說，照單全收。一算價錢，即使折扣優待，居然也要貳仟元，她卻立即掏錢，一時我還真有些臉紅接不上話。

付錢的同時，她告訴我，她是自小學三年級開始，從家裡父母的書架上看到我的書，自那時讀起，一本本，一直不停地讀我的新書，如今她已五十歲了，家裡書多，最近重新做了新書架，所以決定補齊我的書，這番溫暖如春風的話，讓我不勝陶醉；絕大多數紙本書的讀者都跑光了，怎麼還會有人追著讀我的書？一九八四年出版《心的掙扎》，曾經銷路破了拾萬冊，過了三十五年，繼續出新書，如今連想要銷出二千冊也成了痴人說夢，真是世事多變啊！

女子臨走時說，很高興終於見到自己多年一直讀著書的作家。我說歲月太快，寫著寫著，我完全不相信，那麼快就把自己寫老了。

道再見時，她要我珍重身體，希望能繼續讀到我的新書。

我在門口送她，直到看不見她的背影。

——原載《中華日報》副刊（二〇一九・三・十）

和司馬笑約會去了

——悼念藍明

藍明是誰？

藍明是我未曾謀面卻長久思念著的姊姊。

我有三個姊姊——一個同母異父的姊姊，她叫柯劍英，現住崑山；一個畢業臺大中文系，名叫印小敏，一九五八年，因她和我一同參加在日月潭舉辦的「文史年會」而相識，我們以姊弟相認，時間已近五十一年；第三位就是藍明姊，她是我一九六三年大專聯考落榜後的精神支柱，當時她主持正聲電台一個名為「夜深沉」的廣播節目，節目前後總是會放一首舒曼的〈夢幻曲〉，然後回答聽眾來信的各項人生疑惑問題，有些像後來警察廣播電台「安全島」節目時段播出的「羅蘭小語」。藍明雖是福州人，但她畢業於南京中央大學文史系，說得一口和羅蘭幾乎完全一樣流利的天津腔國語，每次她從美國撥長途電話給我，彷彿羅蘭姊復活，我在電話裡也告訴過她：「藍明姊，你說話的聲音和作家羅蘭像極了。」

藍明的「夜深沉」是以談話為主並穿插古典樂曲的節目，六〇年代不知風靡多少深夜聆聽的群眾，夜夜要聽藍明低沉迷人的聲音，聽她深含感情又有深度的談話，聽她選播高雅的經典名曲，當年二十出頭的我，正是藍明最忠實的聽眾，那也是我最徬徨的人生階段，大學落榜對我是多麼大的挫折，幸虧她的開示，讓我一顆心安靜下來，所謂自立自強，想不到中間隔了四十五年，在二〇一三年七月號的《文訊》雜誌上讀到汪其楣教授的〈繁花不落，芳菲永存——記與藍明的幾段友誼〉得知藍明人在美國，還出版了新書，於是立刻到書店買了她一生唯一的著作《繁花不落》，透過其楣，也要到了藍明的地址，寫信告訴她我是她四十五年前「夜深沉」的聽眾，兩周後，收到她熱情洋溢的信，自此，從二〇一三年十月開始，和藍明姊不停地通信；當民國五十二年我還是高中生時，怎能想到，自己聽著的「夜深沉」廣播節目，隔了將近半世紀，有一天節目裡的主持人藍明會變成我的筆友，變成我的姊姊，成為一個最關心我的人。

藍明，原名何藝文，她另有筆名藍星。一九二六年十月二十一日，生於山東青島，二〇一九年四月六日，在美國加州 Toeeance 市辭世，享年九十三歲。

一九四七年抗戰勝利後，藍明就來到臺灣，曾任教於成功中學，並在軍中廣播總隊、民聲、民本等電台從事採訪及播音工作，後轉入正聲台，一九六四年，因一次搭乘何應

親愛的好弟弟：我很榮幸得到一位今世
難得的文豪作為弟弟，而且在我年老
体衰，近來失智的状况，仍能時常以讀書
為最大的快樂，何況看到你用我年輕時
的照片，在你書中，我也回憶「從深沉的時
代，而今年華老去，老態不堪，最怕照相也
許近來和幾位老友通電話，最感幸福也。
可惜我曾太多次打電話給隱弟，都一直未
接通，心中失望傷感，祇求上蒼保佑，願
不久能聽到你的聲音！

蓮兒 十月十八日
二〇一八年

六〇年代主持正聲廣播公司廣播節目「夜深沉」時期的藍明。

欽將軍的座車而認識了任職於美國新聞處的司馬笑（JohnBottorff），兩人結為夫婦，成為中美佳偶。

此生從未見過藍明，我卻見過司馬笑，說來真是傳奇——一九六三年，我讀的政工幹校新聞系畢業前，還需到各報社、新聞機構實習和參觀，在臺北市南海路的美新處也是我們參觀的一個點，那天，班上將近三十位男女同學還為此脫下軍裝，換上西裝，系主任祝振華和訓導員曹建中還要我們學習打領帶，真是一次隆重之旅啊！美新處也鄭重其事，派出處長斐恩和副處長司馬笑接待我們，由於司馬笑英俊瀟灑，又打著當時少見的領花，格外讓我印象深刻，當年我們合照的一張照片，至今我已珍藏五十六年。

司馬笑於一九六四年元月五日和藍明在臺北市館前路中國大飯店結婚，何應欽將軍為主婚人，正聲台主管夏曉華為介紹人，婚後移居鳳凰城臺南市，彼時，司馬笑已離開臺北美新處，為了婚姻，他辭去工作，十三年之久的美國政府官員頭銜就這麼丟掉了，他接受了臺南亞航公司的聘請，成為第二號主管；全盛時期的亞航員工接近五千人，司馬笑是總經理Wueste（魏思悌）的左右手。他們住在臺南市榮譽街八十四巷九十一號一幢由司馬笑自己設計，包工郭德發傾全力完成的全白西式洋樓，號稱白屋，在白屋裡他們度過生命中最快樂難忘的十年。

司馬笑出生於美國俄亥俄州特里多市，全名是約翰・愛爾文・巴托夫（John Alvin Bottorff），自幼熱愛中國文化，並取了司馬笑的中文名字，他自認是司馬溫公的後代，他是這麼對藍明說的：

我的祖先是司馬光，他有個孫子名叫司馬爐，爐灶的爐—很怪不是？妳別笑，聽我說，南宋末年，蒙古人已經占據了中國北部，各地都有戰禍，司馬爐到了蒙古首都巴力克 Khan-balik，以他的文學才能，進入朝廷做官，朝廷派他到歐洲做巡察使，於是他經過西伯利亞、俄羅斯、波蘭等地，最後到了德國南部——當然這些地名是現在的，當時那些地區還是野蠻地帶，那時蒙古人統治的範圍，尚未到達德國，所以司馬爐一到了德國，他就擺脫了元朝的官制，在德國居留下來，不久，他便遇見了一個很漂亮的德國少女，他們相愛結合，一共生育了六個兒子，多年以後，他們更多的子子孫孫，世代不絕，於是人數一年年增加，就在那一個地方形成了小小的村莊。

德文「村莊」就是 Dorf，所以當地司馬族形成的司馬村，也就被大家稱作：Bodorf；又過了五百年左右，在一七一〇到一七二〇年之間，歐洲正是天主教與基督教發生衝突，引起戰爭的時候，在司馬村 Bodorf 裡面，有少數的基督徒，而大部分德國南部的人們都是信仰天主教的，所以那些基督徒沒有辦法住下去，祇好逃難遷移到了美國的賓州 Pennsylvania，那許多司馬爐的子孫，經過了很多次美國國內的革命戰爭，時間久了，漸漸四處分散，到現在可以說美國各地都有姓司馬的，我這個司馬 Bottorff，卻是繞了一個大圈子，又回到中國來了，所以，我是司馬光第十九代的孫子，也是第十七代的華僑！

九十三歲的藍明，手執她唯一的作品《繁花不落》，仍然風姿綽約。

由於司馬笑從小熱愛中國文化，他後來真的去了中國北京，成為燕京大學的研究生，專攻中國歷史，「他懂得欣賞中國字畫，國粹古玩，他愛聽幽怨的南胡和月琴，愛吃中國菜，甚至廚房裡還供著消災免疫的灶神菩薩。」

一九八〇年，因司馬笑父母相繼傳來亡故消息，決定和藍明回到美國俄亥俄州老家。

後來他們搬往內華達州，家門門前還掛著「司馬宅」銅製的門牌。不久兩人在聖荷西開了一家冰淇淋店，藍明想開此店，一來因司馬笑愛吃冰淇淋；冰淇淋店也賣藍明自己做的牛肉湯；多年後，因緣際會，夫婦倆又在海邊經營一家金荷園餐廳。

二〇〇七年，汪其楣教授因演出「群星會」製作人慎芝的故事《歌未央》——在慎芝遺物地址簿上尋獲藍明地址，後因有事到美國，也特地到司馬笑夫婦家拜訪，那時八十五歲的司馬笑，已患有帕金森氏症，行動雖不便，但仍和藍明熱情接待這位來自臺北的朋友。

又隔一年，也就是二〇〇八年，司馬笑與世長辭，留下魂不守舍的藍明，二〇一二年，汪其楣想到孤獨的藍明，特地到加州尋訪藍明，藍明開著司馬笑送她的黃色金龜車，但看來仍神情恍惚，太恩愛的夫妻，四十五年奇妙的婚姻，如今司馬笑卻突然走了，藍明怎能正常地過日子？汪其楣為這樣的情況感傷，看到滿屋滿地滿床都是司馬笑的照片和當年寫給她的情書，汪其楣決定代她整理出一部紀念司馬笑的書，何況早年藍明就有一支好筆，她寫過許多懷念臺灣老友的文章，如正聲台主管夏曉華和中廣總經理魏景蒙等，她也寫過許多影評，而最重要的，她於一九六五年四月二十七日起，曾在《臺灣日報》連載過九十天的〈我嫁了一個美國丈夫〉；回臺後，汪其楣接洽秀威出版公司，為藍明的新書《繁花不落》舖路，藍明終於在人間留下了一本珍貴的傳記，紀念她自己，也獻給她親愛的丈夫——司馬笑先生。

藍明——我親愛的姊姊，她走過豐富而傳奇性的一生，如今在美國仙逝，肉體化為雲煙，靈魂則和她親愛的夫婿司馬笑約會去了。

——原載《文訊雜誌》四〇三期（二〇一九年五月號）

附錄

星之殞！

——悼詹姆斯狄恩

藍明

仲秋的夜晚
我流連銀河畔，
有無數繁星閃爍，
使人目迷五色，
心旌撩亂！

有的星兒衰老，
有的星兒單調，
有的星兒太庸俗，
有的星兒太妖豔，

也有那奇偉的天王星，
清秀的北斗星，
遙遙相對的——
有牛郎織女含情的眼睛！

萬般星兒輝照，
卻像盲人吹笛，
永遠是那一個調！
我輕輕嘆著厭倦了！

忽地一聲歡呼，
只見金光四射，
一顆新星！
一顆新星！
一顆新星！

他亮在天邊，
閃著眩目的異彩，
群星失色，
舉世矚目，
如發現罕世的珍寶！

他雄踞天際，
如此年輕，如此茁壯，
英俊的相貌，
帶著些稚氣的高傲倔強。

我不禁讚美，
這瑰麗的宇宙，
這銀色的天堂，
多美啊！你——
無匹的新星，

將譽你為星中之王。

你代表愛，
你代表青春；
你代表一切新的，
蓬勃的，向上的，
不斷前進的力量！
你將裝飾了少女的夢，
千萬朵心的小花，
悄悄為你輕啟……

今夜，
月明如畫，
萬籟俱寂，
就在這中秋時節。
人們又失去了你！

林鳥輕啼，
微風低泣，
若有無限悲涼的情意。

匆匆的來，又
匆匆的去！
留下一片光影，
徒供追憶——
令人滿懷愁緒難理！

我眺望著——
你殞落的地方，
無窮的深遠，
無窮的黑暗；
我低語著祝福，
安息，安息吧！

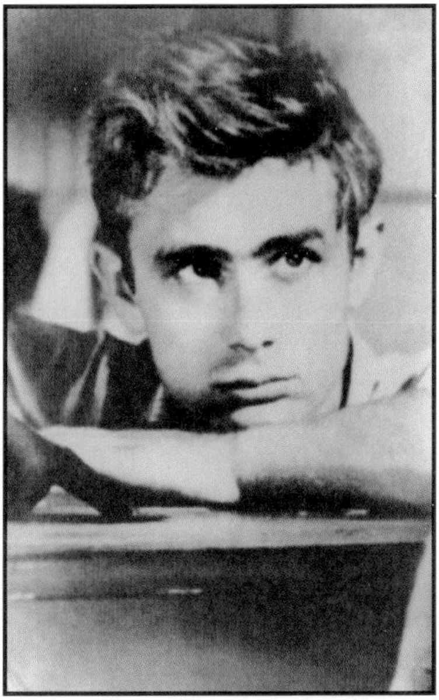

詹姆斯狄恩（1931-1955）

我心中的，
星中之王！
我不能忘記，
這奇異的美景，
由絢爛歸於平淡！
祇這一剎那的短暫，
祇這一剎那的永恆！
怎能不使我悲哀！
怎能不使我迷惘？

舌尖的回憶

——隱地談臺北有個性的麵包和湯

詩人的飲食經歷，從吃飽、品味到健康養生，同時反映了幾個人生階段；從其中也體悟：社會安定、人心愉快、衣食無缺，才能吃出食物的美味。

「好的食物和好的餐廳都是老天送給我們的禮物」，爾雅出版社創辦人，也是文壇活躍的作家隱地說：「食物是舌尖的禮物。工作忙碌一天之後，可以坐下來，好好吃餐飯，就是平淡生活中最大的幸福。」

「食物跟情緒息息相關」，隱地說，「平常我愛吃百鄉餐廳的匈牙利牛肉飯，但前些天跟家人去吃，由於聽到了兩件壞消息，雖然是同樣的菜，但就是覺得不好吃。我立刻體會到，天啊！原來美味和自己的情緒有關。」食物美味與否，常取決於心情。情緒好，什麼都好吃；若心事重重，吃什麼都感覺不出好滋味。

隱地小時家境困頓，三餐都要發愁。他曾有篇散文〈餓〉，描述其中艱辛，因為家窮，快到吃飯時間就藉故到鄰居家，順便留下來吃一頓。有回鄰居已經吃過飯了，問他吃了沒，他雖餓極了，為顧面子，硬著頭皮說吃過了，再帶著極度羞慚與飢餓回家。現在回想，那真是個「只求吃飽、什麼都好吃的年代」，最高紀錄一次曾吃七碗飯。

經濟一旦改善，人對飲食的要求，從只求果腹，慢慢進展在意食物的味道、品質。隱地說，「舌尖是很現實的，吃過好東西後，很麻煩。」進入文壇，幾個文友知交，在林海音領頭下，和蔡文甫、姚宜瑛、葉步榮等經常聚會，「那真是流金年代啊！」但隨著林先生身體變差，聚會慢慢少了，文友星散。現在，看過外面的世界，發現無論怎麼挑嘴，最後終將回歸到傾聽身體的需求，為健康養生而吃。

偏偏咖啡是文人戒不掉的癮。隱地說自己「每天至少三杯咖啡。有客人來，像你們來採訪，我就會多喝一杯。」眾多咖啡中，隱地偏愛曼特寧，「好的咖啡要順口，喝進嘴裡讓人回味無窮、餘韻裊裊。」

由喝咖啡而理解這也是一種生活指標，隱地說，「等到有一天大家都喝咖啡，就代表小市民普遍生活水準提高了……」

隱地母親是料理高手，「任何食材到了我母親手裡，端上桌就全成了好吃的菜。」也影響他對食物的品味。「我媽媽是蘇州人，所有江浙餐廳裡面的菜，我媽媽都會做，尤其紅燒黃魚、烤麩、燻魚都是一等的，就是隨便炒個青菜肉煎蛋也一樣好吃，連滷蛋都與眾不同！」但現在江浙餐廳不是過甜就是太鹹，也讓他甚少去江浙餐廳，加上記憶裡的東西最美好，「不可能再吃到媽媽做的菜，所以這些菜變成經典，沒人可以打倒。」

「可是最近我去大陸杭州樓外樓，幾道菜很有我媽媽的味道，讓我開心得不得了。像是西湖醋魚、龍井蝦仁。」吃到真正的家鄉味，讓隱地回味過往的美好，胃口也大開。這些年，為身體控制飲食，但「好吃的東西是有魔力的，胃會變得奇大無比。」何況最後還有一個「甜點的胃跟水果的胃，人變胖，顯然吃美食也要付出代價！」

憂國憂民的隱地說，現在貧富懸殊，上層吃得太好，最弱勢的底層卻可能挨餓，「如果政府能讓民間食物便宜又好吃，讓窮人也有好東西吃，就是太平盛世了。」社會安定、人心愉快、衣食無缺，人民自然覺得食物美味。隱地最後為美食下了語重心長的註解。

麵包鬆軟、湯不冷不熱，隱地說：「這都表示食物缺乏個性；前者要紮實有嚼勁，後者要滾燙有口感」，這才是他心目中理想的麵包與湯。

偏愛吃西餐的隱地，判斷一家餐廳好不好吃，先看湯跟麵包。「湯端上來一定要燙，湯裡的食材新鮮最重要，湯頭必須用食材熬的，絕不用罐頭或湯塊充數。麵包掰開自有麵香，一吃讓人放心，就不用擔心後面主菜的味道。」只要湯跟麵包對了，整套菜靠近美好八九不離十。

「我喜歡只此一家、別無分號的餐廳，」隱地說，「歐洲人如果開一家好餐廳，便以這家餐廳為榮。」客人想吃，無論多遠，只能來這裡吃。若是開很多連鎖店，會讓人覺得老闆的心思只是為了賺錢，服務客人和改善菜色都成了次要目標。」

說穿了，餐廳只要專心於料理上，搭配新鮮食材，便能吸引源源不絕的客人。隱地覺得裝潢、設備的好壞跟料理是兩回事。「臺灣很多餐廳硬體設備費盡心思，可是只要菜一端上來後，什麼都完了，吃一道、怨一道。」

堅持每天手工現做麵糰的馬可孛羅，使用自然發酵的老麵來供應喜愛吃正統歐式麵包的客人。愛吃麵包的隱地說，「臺灣西餐廳的麵包，普遍口感偏軟，這種軟麵包是沒有個性的麵包。」而好吃的麵包，「要有咬勁、結實，又不是硬得像石頭。像全麥、燕麥麵包就越嚼越香。太講究形狀的麵包我都不買，我要的是內涵跟實質。」連吐司也傾向吃健康全麥口味的。

混合各式雜糧的「雜糧麵包」、「全麥芝麻麵包」，剛出爐時鬆又軟，冷卻後外皮香脆，內部仍充滿彈性。店長吳美惠建議，長條型的麵包要吃時再切片，以免內部水分乾掉，失去原本的彈性。

號稱真正紐約口感的貝果，也是隱地的最愛之一。發酵較久的麵糰，利用滾水蒸氣的方式，急速收住麵糰的筋度，充滿韌性，當牙齒拉扯貝果時，很有齜牙咧嘴的奮戰快感。水蒸氣則讓貝果表面油亮。吳美惠說，貝果買回家若沒有當天吃完，須放冷凍庫保存。要吃時再放到大同電鍋裡，像蒸饅頭一樣蒸熟，便可維持貝果的口感。

已遷往新址慶城街的「紅廚」，有一道讓隱地擔心健康又念念不忘的「菠菜蛋黃湯」，是將菠菜水煮後打成泥，拌入些許奶油，加進雞肉高湯中，最後打個蛋黃，吃時將蛋黃拌進滾燙湯中的料理。剛熟的蛋黃滑嫩順口，在QQ有顆粒感的菠菜湯裡，製造出又柔又剛的口感。

但隱地擔心蛋黃對血管造成負荷，所以建議紅廚，將蛋黃換成蘑菇，變成專屬的「菠菜蘑菇湯」。巧妙的是，鮮嫩多汁的蘑菇略帶咬勁，讓這道湯增添個性，更加令人貪戀咀嚼的滋味。

「紅廚特製義大利麵包」平淡樸實的外觀，很像是傳統山東大餅。師傅鄭昌國說，這是用高、低筋麵粉與酵母粉、泡打粉，加入白細糖、有鹽奶油、鮮奶等混打而成的麵糰。前一天晚上打好後冰入冰箱，等到隔天有客人點時，再揉型、擀扁、送進烤箱烤約二十分鐘。

現揉的麵糰雖然讓客人久候，卻能吃到最新鮮原始的美味，十分值得用慢活的心思來享用。店裡推薦搭配紐西蘭羊奶Belpaese起司、果醬或奶油。但原味入口，也可感受麵粉香氣；咀嚼過後，則是驚喜的清甜。誠如隱地所言，「麵包什麼都不加，只是烤熟，就很好吃。」

「每個人都有幾家家庭式餐館的名單，有時家裡沒煮飯，或是家庭聚會……就會想到跑去的那些餐廳。」已經開業二十六年的百鄉餐廳（一九八〇—二〇一五），便是隱地心中首選的家庭式餐館。

百鄉有道「匈牙利牛肉」，隱地說「有次到布拉格，和彭鏡禧教授進入餐廳，發現許多人都點『Goulash』，導遊也推薦，我一吃驚為天人，真是好吃極了。後來知道這道菜在當地很普通。回到臺灣後就開始懷念，可說回味無窮，有天到百鄉吃飯，發現菜單上也有『Goulash』，點來一吃，味道竟然跟布拉格吃到的完全一樣，從此便成為我在百鄉必點的菜。」

百鄉這道「匈牙利牛肉」是將美國進口的牛腩燉三至四個小時，燉到筋化開卻不至於鬆散。醬汁運用牛肉湯頭原汁、紅酒、洋蔥、醋與番茄調配。入口後，淡淡的酸與黑胡椒的香帶出牛肉的紮實咬勁。

百鄉另有一道原味的「鐵扒鮭魚」，採西式厚切手法，僅用檸檬提味，即可吃出魚肉的新鮮甘甜；至於沾蛋衣煎鯛魚的「麥年煎魚」，蛋衣酥香、魚肉厚實；而「炸明蝦」則以自製塔塔醬，中和炸蝦的油膩，讓鮮少吃炸食的隱地也愛不釋口……

吳雨潔／專題報導

附註

二〇〇六年冬天，《聯合報》記者吳雨潔和攝影記者高智洋聯袂到「爾雅書房」，要我聊聊西餐中的湯和麵包；那時節，因經常到伊通街八十七巷二號的「百鄉」和安和路一段七號的「紅廚」吃午餐，迷上了這兩家西餐廳的湯和麵包，於是就打開了話匣子；此外，重慶南路東華書局樓上的馬可孛羅西餐廳，也經常光顧，至今，樓上餐廳雖已結束營業，但沅陵街上的麵包店，還是我選購麵包時的最愛。

輯三

在記憶與真相之間

我們種字，你收書

《文訊》編輯檯的故事2

封德屏——著

人生的旅途

——從一場新書發表會說起

像往常一樣，回來後你又開始後悔，後悔在別人的新書發表會上說了離題的話，尤其還說到敏感的政治話題，你不是事先也做了功課，為何一上台全忘了，而突然連珠炮似的一段牢騷話，又來自何種因素，真的是深藏在自己心底的潛意識嗎？

都怪那天的報紙，你先讀了王正方的〈臺灣會自動解體嗎？〉又讀了一則臺大校友鄭秀琳的讀者投書〈你們這些大人好噁心〉；前者說：「臺灣的經濟停滯、景氣低迷……藍綠白三陣營，都把選上總統當成最重要或唯一的事……另一方面在推動充滿仇恨的『種族主義』……回顧東德解體前，當地人民極端痛恨只顧著保住自身權位的執政當局……一九九〇年柏林圍牆倒塌，東德隨之解體」；後者說：「請問是誰給了監委權力，可以對臺灣良善公民向國稅局調閱二十多年的報稅個資？」

《我們種字，你收書》——封德屏的新書發表會，只因你是此書的出版人，所以也坐在台下；台上，除了主持人楊宗翰，還有四位講者——汪其楣、楊索、林立青和作者封德屏；臺大中文系畢業後的汪其楣，到美國改唸戲劇，學成歸國，教戲劇，桃李無數，自己也經常寫劇本，並上台演戲，這幾年，更關心文化，她為封德屏在《文訊》推動臺灣文學的出版，史料保存及研究做的許多工作感動，為她的書寫序，還親自站上台，把德屏的書和人，向在場來賓熱情推薦，她讓我們知道，這樣強韌的生命，永遠照顧、協助作家的封德屏，私底下也有軟弱的一面，她有時也把自己的委屈說出來，說著說著她哭了……

楊索記憶中的封姐，總是在醫院和悼念作家的紀念會場轉進轉出，特別是作家李永平辭世前那一段日子，她好幾回都在李永平的病床前和封姐相遇，她自己從小就是李永平的書迷，從《拉子婦》開始，李永平的小說集，她總設法一本本買下，因而透過探病，她也和許多馬華作家相識，她認為封姐照顧年長弱勢作家，也提攜像自己這樣的年輕後輩愛寫作的人，封姐是一把火把，用光照亮著許多人，她願意一直追隨封姐的腳步向前走。

四位中最年輕的講者是工人作家林立青，他看到台下的名詩人席慕蓉，而且就坐在他正前方，詩人還主動向他打招呼，林立青禁不住幾乎要喊出來，「啊，要是我母親知道你和我說話，她一定會罵我不孝子，她也一定會責怪我怎麼可以不帶她來，如果帶媽媽來了，她就可以拿著你的書請你簽名，媽媽從年輕時候就買了許多你的書，她幾乎收藏了一大排席老師的書……」難怪席慕蓉後來站起來發言，除了讚美封德屏書寫得好，也讚美台上包括主持人楊宗翰等五位講者講得自然感人，主要這些都實實在在的凸顯了封德屏對文人的情深義重，坐下之前，詩人也不忘微笑地對林立青說：「也要請你務必代我向你媽媽問好！」

據說上台講話中最年輕的一位是陳柏青，他說自己有一段時間經常會被捉來當各類會議的計時按鈴人——三長兩短，提醒在會議台上講話的人，鈴鈴鈴——時間到了，連作夢，彷彿自己也在按鈴，陳柏青感謝封德屏給了他舞台，講他能提筆寫作，他說自己是愛寫作的人……這讓我想起五十六年前——自己還只有二十六歲時的一段往事：

一九六三年，小說家於梨華先在皇冠出版社出版長篇小說《夢回青河》，接著又在文星書店出版短篇小說集《歸》，趁著於梨華回國，「文星書店」聯合《文星雜誌》，蕭孟能先生特為她舉辦一個歡迎會，邀請文壇相關人士和讀者參加，性質和現在的「新書發表會」相似，但那時還沒這樣的名稱，我當時只是一個純讀者，看到書店門口貼出海報，就登上衡陽路十五號的樓梯，無非想一睹自己心目中崇拜作家的風采，記得當時陳映真、黃春明、尉天驄等青年作家都在現場，後來辦大地出版社的姚宜瑛大姐，也是因我上台臨時發言而後相識的。

為何會說自己像封德屏新書發表會上的陳柏青？一來，陳柏青被臨時抓上台，五十六年前，也是在蕭孟能先生、作家於梨華以及許多來賓一一在台上說完話之後，主持人最後問，台下的朋友，還有人願意上台說幾句話嗎？我居然斗膽跑上台拿下麥克風大刺刺的說起話來，如今角色轉移，當時年輕的我已成垂垂老者，坐在台下聽台上人的發言，耳朵也不靈光了，總感覺台上每個人說話的速度好快，顯然我已跟不上這新時代的節奏，再加上眼睛不好，人來人往，一時有些老友像是認識似乎連名字也叫不上來了！

啊，年輕真好，可惜生命不能重來，但願我又像在台上講話的陳柏青那樣滔滔不絕，青澀中流瀉出一股自然的青春，曾經我也在青春的行列……青春會飛，它永遠飛向更年輕的臉龐，一代又一代……

一陣騷動，漸行漸遠
不知去向，無聲無息

也不過半個世紀，一切都改變了。我不再是那個二十多歲的文藝青年……但這次參加德屏的新書發表會，突然又有新啟示，儘管有些人確定已走了，有些人不知去向，歷史還是有其軌跡，人，在人世間走一趟，就是一次人生的旅遊，從出發到歸程，我們會和許多人相遇、相聚，但這世界沒有永恆，山會移動，河會乾涸，人間亦無不散筵席，朋友或親人，失散二、三十年，偶又相聚，是一種奇蹟，奇蹟如我，能在五十六年之後，因一個新書發表會，而想起另一場讀書會，也算奇蹟，主要，因我還活著，這不容易，如今老人失憶失智症嚴重，幸虧我還記得，怎能不感謝老天慈悲。

——原載《中國時報》人間副刊（二〇一九・二・二七）

在記憶與真相之間

拙作「年代五書」出版後，陸續接到各地讀者來信，有對我鼓勵的，也有感謝我將逝去年月的許多大事記一一寫下來，讓他們重新回味青少年時代自己的種種趣事，也有幫我改正一些錯誤的數字，其中在臺中執業的黃慕容律師，他說曾在民國五十六年就看過我，也聽過我上台說話，原來當年他也參加了文星書店歡迎於梨華回國舉辦的活動。

接黃律師信後，我還糾正他，文星為於梨華辦的活動，應當是民國五十二年，因為於梨華在文星前後只出過兩本書——短篇小說選《歸》和中篇小說《也是秋天》，前者出版於民國五十二年，後者出版於民國五十三年。

這也是按邏輯推理；一家書店或一家出版社為作家辦活動，必定是為了推銷自家的出版品。

但為何別人的記憶和自己的記憶不一樣？我又想起，當年文星為於梨華辦的歡迎會，第二天在《中國時報》人間副刊上曾出現過一篇余範英的特寫〈於梨華歡迎會記盛〉，余範英是《中國時報》創辦人余紀忠的女兒，最初留學美國，後回國擔任《中國時報》文教記者。

可惜時間經過將近五十年，如何找得到當年的那份剪報呢？但我就是有日以繼夜尋找的本領，一旦下定決心，只要有餘暇時間，就在書房各個櫃子尋找不停，找得眼睛花了，甚至感覺人已虛脫，仍然不死心繼續找——尋找也是一種開礦，老天不負苦心人，連續數周尋找下來，讓我大有斬獲，不但找到了余範英的〈於梨華歡迎會記盛〉一文的剪報，而且居然還找出好幾篇從不曾收進書內的早期作品，所謂「出土文物」是也，真讓我喜出望外……

〈於梨華歡迎會記盛〉一文，發表於民國五十六年七月十四日的人間副刊，彼時，《中國時報》的名稱還叫《徵信新聞報》，余範英的特寫，有這樣一段：「在文星藝廊裡，座無虛席，站客擁塞，知名的作家到場的甚多，有王藍、余光中、司馬中原、林海音、顧獻樑、江玲、隱地、尉天驄、朱橋等，臺大歷史系名教授許倬雲的前往，益覺生色。余光中以司儀的姿態，為於女士獻花。」

這一段文字，讓我大為驚訝，名單中和我記憶的大異其趣，「陳映真和黃春明」竟然未列名單中，而我的名字反而列在上面，這表示民國五十六年，我已是「知名的作家」，並非如我在前一篇〈人生的旅途〉寫的：「我當時是一個純讀者，看到書店門口貼出海報，就登上衡陽路十五號的樓梯，無非想一睹自己心目中崇拜作家的風采……」

原來記憶和真相之間，存在著那麼大的差異，首先，我把時間記錯了四年，民國五十六年，於梨華長篇小說《又見棕櫚．又見棕櫚》在皇冠出版，文星蕭孟能先生見她回國，立即為她舉辦盛大歡迎會，可見蕭先生的大氣，也代表於梨華當年是最火紅的小說家，只要打出她的名號，就萬頭攢動，文風鼎盛的年代，作家是社會注目的焦點，當今活在完全以政治掛帥年代的社會，難以想像當年為何作家所到之處，總會引起那麼多人的仰慕和追逐，這代表背後的社會價值觀已大異其趣。

有了這張剪報的出現，立即寫信給臺中黃慕容律師，向他道歉，並告訴他，他的記憶是對的，當年參加文星歡迎於梨華的盛會，確實是在民國五十六年。

也從這次的發現，給了我啟示：顯然真相和記憶之間確實存有差異，而所有傳記或關於歷史的書寫，必然也存在著若干錯誤，何況還有人存心改寫歷史，那麼，歷史的真偽，更需讀者自己辨別，此時，胡適的一句名言：「大膽假設，小心求證」倒真成為至理名言，一個人，特別是老人，如果僅憑記憶，絕不可固執地認為自己說的都是對的。

「記憶不可靠」，當有人懷疑我們的說法，此時必須重新查核資料，唯有「證據會說話」，千萬不可胡言亂語。

更不應時時製造假新聞！

美夢成真

春天的花是多麼的香
秋天的月是多麼的亮
少年的我是多麼快樂
美麗的她不知怎麼樣？

這是五〇年代收音機裡經常播放的一首歌，由梁萍主唱，民國三十六（一九四七）年底，從基隆碼頭坐車到臺北，一進寧波西街的家，本來一直哭著的我，聽到屋裡有人唱歌，立即停止哭聲，好奇地尋找唱歌的人在哪裡，除了帶我到家的爸爸，和有些陌生的母親，還有一個幾乎我不認得的姊姊，家裡再沒有別人，後來母親告訴我，那是收音機播放的歌聲……什麼叫收音機，我是從崑山鄉下來的孩子，什麼都不知道，全家人大笑，笑我這個小土包子。

以後幾年，就跟著媽媽一直聽收音機播放出來的歌，從周璇的〈鳳凰于飛〉、〈高崗上〉，白光〈假正經〉、〈我等著你回來〉，龔秋霞〈秋水伊人〉，姚莉〈黃葉舞秋風〉、〈蘇州河邊〉（和姚敏合唱），一九四九年之前，兩岸尚未隔絕，所有上海的電影，上海的流行歌曲，整天都在電影院和收音機不停上映和播放，直到十月一日，兩岸因毛澤東在北京宣布成立「中華人民共和國」而一切隔絕，但周璇、白光和姚莉的歌仍在臺灣大街小巷每家的收音機裡不停播放，因為大多數三〇年代的歌星全都到了香港，成為當時國人心目中的自由影人。

一九五九年落榜後改考軍校，成為軍校生後剪小平頭留影。

五〇年代離我們多麼遙遠，那是六、七十年前的事了，那也是我從小毛頭進入青春的年代——從十三到二十二歲，進女師附小，越過新莊中學到育英高中畢業，一點也不錯，五〇年代結尾的那一年，是我人生最慘淡、苦惱的一年，我正在為大專聯考衝刺，一九五九年八月三十日放榜，名落孫山的我，竟然同一天，我的小說〈榜上〉在林海音先生編的「聯合副刊」上全版刊出，對於我，真是悲喜交集的一天。

二十二歲應當是大學畢業的年齡，為何我二十二歲才要參加大專聯考？是的，十歲時我還是個文盲，爸爸將我從崑山鄉下接來臺北，進小學比別的小孩子遲了四年，所以，我的人生做什麼都比他人遲了四年，不管小學、中學或後來考進軍校，我的同學幾乎都是民國三十年前後出生，只有我，生於民國二十六年，同樣誕生於二十六年的白先勇，已經在臺大和同學商議合辦《現代文學》，我卻還是一個高中生。

現在回過頭想五〇年代的往事，真有些像在說夢。一九五〇至一九五二年，臺北街頭行人稀少，汽、機車難得見到一部兩部，大多數人都靠自己一雙腿，所謂11路是也；交通工具還在黃包車階段——黃包車，就是由一個人在前面拉行，拉著一部僅有兩個輪子的車子，上有座位可供一至二人入座，而車費若干，由坐車的人報出地點，再由拉車的人說出一個價碼，客人還可殺價，直到出現雙方同意的金額，客人才上車，於是黃包車伕向前奔跑，到達目的地，車伕必已滿頭大汗，這也是為何「黃包車伕」的頸間永遠掛著毛巾一條。

黃包車亦稱人力車，直到民國四十一（一九五二）年，政府全面提倡三輪車替代人拉的黃包車，讓看起來極不人道的畫面不再出現街頭。

五〇年代，臺北市只有六十多萬人，入夜後一片蛙鳴。作家周嘯虹，就寫過一篇〈信義路的蛙鳴〉，他說，當時他服務的陸軍總部營房，就在信義路、上海路（現在改成林森北路）附近，晚上和同伴走路到延平區迪化街的永樂戲院看顧正秋、胡少安、張正芬的平劇，要穿過一片稻田，聽到的總是此起彼落的蛙鳴；彼時臺北比較熱鬧的只有西門町和東門町，東門町從信義路到新生南路，再往東就荒涼了，而且，五〇年代的臺北，全是砂石路，鋪有柏油的只有中山南北路，總統府附近的重慶南路、博愛路、衡陽路和延平南路，所以每到下午四時，臺北市政府就會派出灑水車，以免馬路上塵土飛揚。

五〇年代初的臺灣，國共內戰剛結束，大人們談論著的都是驚慌逃難的故事，還有年前從上海出發的太平輪在舟山群島與貨輪建元號相撞，死了一千多人，更讓許多人驚魂未定，特別是外省人，剛從大陸各省，紛紛逃難來臺，幾乎一無所有，公教人員尚有宿舍可住，軍人也有眷村，一般人只好租房子或沿著中華路鐵道兩旁，蓋間違章建築，能遮風擋雨過日子，已屬萬幸，於是一切從頭開始，擺個小攤，或沿街叫賣，無非只為討生活，所以衣食住行，都只能簡簡陋陋，好在寶島四季如春，氣候溫和，一年到頭，有件襯衫或加件外套就可打發日子，克難年代，凡事克難，連娛樂，只要拿起廚房的鍋碗瓢盆，敲敲打打，就可充作樂器，戲稱「克難樂隊」，反正那年頭，你窮我窮大家都窮，窮有窮的快樂，所謂「窮快樂」，拉個胡琴，哼兩句〈三娘教子〉或〈四郎探母〉，再有清茶一杯，坐在籐椅上看看報紙、讀讀副刊上的小品、隨筆，日子倒也愜意。而小朋友沒有玩具，仍然有他們頑皮的玩法，騎馬打仗之外，還有踢毽子、跳房子，幾根橡皮筋綁在一起，也可玩出許多花樣；那時多數人都住日式榻榻米房子，於是我們小時候經常只要有一條棉被，就能玩遊戲——四位小朋友壓住棉被四角，把另一小朋友當作鬼壓在棉被中央不准他出來，而棉被中央的鬼，想盡辦法掙脫出來，四個角落一旦有縫隙，讓鬼鑽了出來，那失守一方角落的小朋友就要變成鬼，讓大家重新壓在棉被中央，如此周而復始，大家玩得不亦樂乎。

貧窮年代，什麼都少，就是孩子多；每家都有三個五個小蘿蔔頭，八個十個也不稀奇，大寶、二寶、三寶、四寶，一路可以叫到十寶，啊，真是搞不懂，為何越窮的年代，大家越會生孩子，尤其大陸天寒地凍，一到臺灣，春暖花開，許多張媽媽王媽媽李媽媽聚在一起，互相抱怨，臺灣什麼鬼天氣，怎麼隨便一碰孩子就生不停，那時候也沒聽過有什麼保險套，反正孩子一個個生下來，弄到後來，政府的衛生單位趕快跑出來大肆宣傳：

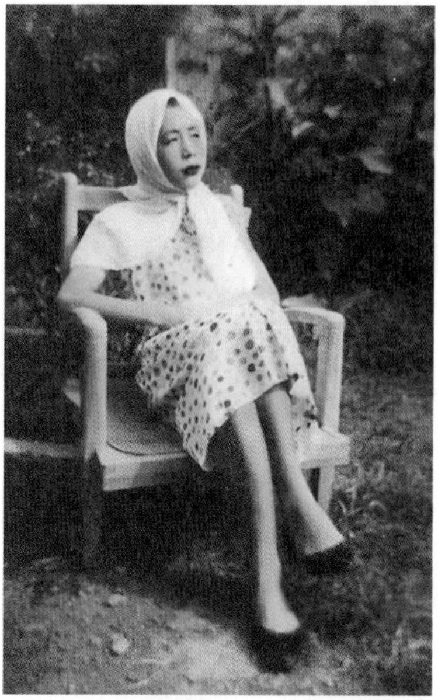

貧窮年代，無甚娛樂，自己設法尋找「小確幸」，一九五〇年讀小學的隱地和鄰居玩起變裝秀，在寧波西街自家院子裡留下女裝照，也算是另一種「窮快樂」，當時尚無彩色照片，但流行將黑白照片著色。

▶一九五九年大專聯考放榜前隱地（右一）和育英高中同學藍孝純（右二）、李富光（左二）、姚鈦（左一）到西門町新生戲院看電影，在電影院前合影。

▶隱地（左）就讀新莊實驗中學時，和同學蔡志恆練習打拳。

兩個孩子恰恰好，意謂生多了，家庭負擔重，國家也吃不消，每個國小添桌添椅都來不及，像西門國小，學生數目居然接近一萬人，消費人口太多，國家生產力跟不上，只好大力提倡節育。

五〇年代臺灣樓房稀少，只有位於衡陽路和博愛路附近的「國貨公司」是七層樓；而僅有的兩家觀光飯店——中山北路的「國賓」和德惠街上的「統一」——「統一」還是靠菲律賓華僑莊清泉出資興建的；由於「國貨公司」樓高七層，在當時的臺灣，一般人都認為這就是世界上人們所稱的「摩天大樓」了，所以引來中南部人特地坐了八、九小時火車，就是要到臺北來一睹這棟稀奇的大樓，何況百貨公司還有電梯，坐著電梯可以上上下下，對五〇年代的人來說，這是頗為嘖嘖稱奇之事！

臺灣第一臺電視出現，要遲至一九六二年十月，所以五〇年代還沒有電視。一般家庭也買不起冰箱，家家戶戶飯菜都放在廚房或門邊一張桌子，用一個簡陋罩子罩著，有家人或朋友進門，打開罩子就吃起飯來，小孩通常還上不了桌，端著飯碗，坐在門口，是經常看得到的普遍現象。

那時還不講什麼隱私權，多數人家大門經常開著，朋友想到誰家，只要在門外大聲喊叫想見人的名字，人就進來了，碰上吃飯時間，很自然就坐下來一起吃飯，五〇年代單身人口多，結婚不容易，一旦誰結了婚，似乎有義務供人吃飯，單身漢一到，主人家立即加碗加筷子，就算沒什麼菜拿得出來，至少也要下碗麵或包個餃子，不然，供應一盤蛋炒飯總是有的。

窮是窮，那卻是個人情味十足的社會，真是「在家靠父母，出外靠朋友」，而今不同了，已有人將後面那句悄悄改成「出門靠合約」。

五〇年代沒有瓦斯爐，電鍋也尚未出現，燒飯用木炭或煤球，用火煮飯，一不小心，就燒焦了，以前的飯會有鍋巴，現在電鍋煮飯，想吃鍋巴，也沒有了。

說到洗澡，回想起來，那時我們只是用一大壺開水倒在木桶裡，擦擦身而已，想要泡澡，也只能買個大木桶，在水裡蹲一下，如此而已；如今熱水龍頭一開，隨時可躺在浴缸裡，啊，真是天上人間啊！

街上閃過一部汽車，在五〇年代，人們眼睛會一亮，心想，什麼時候，若能有機會搭上有錢人家的少爺小姐，可以坐上他們的車，兜兜風，多快樂啊！二層或三層樓以上的西式洋房，在五〇年代也屬稀有物，看在當時貧窮的我們眼裡，日式房屋住久了，毫無隱私生活，紙門一拉別人就進來了，你在屋內發出任何聲音，隔壁聽得清清楚楚，於是日日夜夜想啊，想一戶有牆有壁的房屋，最好是樓房，如果能有電梯更好，上上下下，不用自己爬樓梯，人就進了自己家門。六、七十年後，所有當年想啊想的美夢如今都已實現了，現在的臺灣，從南到北，任何地方高樓大廈處處，不要說七層樓，就是十七層和七十層也不稀奇，還有一〇一層的世界級摩天大樓，早已不是新聞，而我自己三十年前就住進有電梯的大樓，說來，我年輕時候的美夢都已成真，如今的我，快樂嗎？幸福嗎？當我這樣自問，為何反而覺得五〇年代的窮快樂，精神上似乎比現在還飽滿，更踏實！

——原載《聯合報》副刊（二〇一九・四・八）

格蘭大道上的葛蘭之歌

「五〇年代」補遺

回憶五〇年代，腦海裡存在著一個最奇異的畫面，就是介壽路（今凱達格蘭大道）上的總統府前，竟然蓋了一座三軍球場……

「嗨曼波，曼波拉……」葛蘭在三軍球場上的歌聲，隔了五十年，仍然穿越時空，彷彿仍在我耳中蕩漾……

聲音，聲音，半個世紀前的聲音，我仍然忘不了曼波女郎葛蘭的歌聲，她的歌聲爽朗中有一股野性美，她還有一首更為昂揚的歌曲「我要飛上青天，上青天……」以及另一首「沒有月亮的晚上……」只要想著葛蘭的歌聲，連帶著陳厚、楊群的年代都回來了，葛蘭當年和尤敏、林翠、鍾情是影壇四小名旦，名氣和白光、李麗華、周曼華、歐陽莎菲四大名旦無分軒輊。

三軍球場蓋在總統府前的凱達格蘭大道上，葛蘭在格蘭大道上的歌聲響徹雲霄，至今仍在我腦海中迴繞不去，聲音、聲音，葛蘭的歌聲，是我心中最美的聲音。

「六〇年代」回顧

一九六〇年　國慶閱兵

一九六〇年，我正在政工幹校新聞系二年級讀書，突然被告知，要參加國慶閱兵隊伍。

這年的國慶閱兵代號定名為「鼎興演習」，蔣中正親自擔任大閱官，閱兵指揮官為朱元琮將軍，從十月三日起進駐西門町「西門國校」，預校的晚上，深夜坐在重慶南路的馬路上，等待地面分列式開始。記得國慶前幾日正逢中秋，學校長官為了慰勞我們練習踢正步的辛勞，在半夜裡分發月餅，這個「午夜蹲在馬路上吃月餅」的畫面，也讓我回想起小時候，有一次父親牽著我的手說：「我們去看閱兵。」小孩懂什麼「閱兵」，只懂得「月餅」（偏偏上海話「閱兵」與「月餅」同音），想不到相隔十年，自己竟走進那整齊的軍人行列，成為一個「兵」，成為一個為民眾觀看要如何操演的「兵」！

附錄

國慶閱兵與三軍球場

徐宗懋

民國四十九（一九六〇）年，國慶日閱兵，站在總統府前的是政工幹校學生隊伍，整齊劃一，精神抖擻，右前方是著名的三軍球場。五〇年代美國歸主籃球隊和溜冰隊來臺灣表演，均轟動一時，地點就在三軍球場。由於早期臺北缺乏大型體育館，沒有適合的表演場所，半戶外型的三軍球場成了唯一的選擇，今天許多老臺北人青少年時期，都曾到三軍球場觀賞表演，留下美好的記憶。照片中的這一年，中華民國政府遷臺經過了風雨飄搖的十年，終於在軍事、政治、經濟和社會上獲致穩定。踏入民國五十年後，臺灣得以在安定中逐步實現經濟成長，走入另一個階段，而這張照片拍攝後的一個月，三軍球場遭到拆除，改為停車場直到今天。因此，這張難得攝到的鏡頭，也是三軍球場走入歷史前的最後畫面。

Barry Schuttler 攝
游勝傳彩色復原
（徐宗懋圖文館提供）

《年代五書》盒裝套書書影

關於本文作者

徐宗懋，筆名秦風、秦雨、秦月，一九五八年生，輔仁大學西班牙系畢業。熱愛新聞與藝術，醉心文史工作，立志當戰地記者，曾採訪過中南美洲游擊戰爭、美國轟炸利比亞、菲律賓政變、北京天安門事件等。一九八六至一九九〇年，擔任《中國時報》駐東南亞記者，九〇年後將重點轉至中國大陸、日本等東北亞地區。著有《南洋人》、《臺灣人論》、《時代的轉瞬》、《海角新樂園》、《務實的臺灣人》，並編有《李光耀最著名的十篇演說》。在二〇〇一年成立臺灣文史研究工作室，現為歷史文化工作者。耗費心力收集反映民國或臺灣歷史的老照片，對於圖片收藏和解讀有其獨特見解。

徐宗懋純粹是以文史研究的角度，探索臺灣歷史，六四天安門事件發生時，在天安門廣場，一陣槍響，他不幸頸部中彈。他說：「廣場上都是槍聲，後來我退後了一點，往後撤了一點，撤到正陽門這邊，我就突然失去知覺了，很明顯那時我就被打傷了」，後來他才知道，聽救他的人講說那個地方有三個人同時倒下去，所以他估計是亂槍，他不認為他是受害者，而是把它當作是工作上的意外，因為他的工作就是冒險。又說：「早期我做過幾年戰地記者，後來天安門事件以後，身體上比較不適，所以把它轉移到觀念上的探險，就是你的身體不需冒著槍林彈雨的危險，可是在觀念上試著去挑戰一些權威。」結束十七年的記者生涯，徐宗懋現在要做的是追求真實的歷史：「追求歷史真相，還原歷史真相，是實現歷史正義的根本條件，我是如此深信不疑。」

附錄

從《回到五〇年代》談我的五〇年代

張世聰

二〇一七年十二月三十一日，《文訊》雜誌社在紀州庵為隱地「年代五書」舉辦一個「熱鬧會」，我報名參加，這是我第一次同時見到這麼多作家齊聚一堂。回來後，在臉書貼了一篇短文：

今天到紀州庵參加隱地「年代五書熱鬧會」，主持人汪其楣教授先做引言，她盛讚隱地先生在短短一年半，一口氣完成五本回顧臺灣文學發展軌跡相關的人、事、物，並且觸及電影、流行文化、甚至政治等等議題，創作力驚人。

五本書分別由五位作家、學者、出版家來發表他們對這套書的看法。《回到七〇年代》是這一系列最早完成的，也是隱地最初想寫的一本書，由中央大學康來新教授主講，她說七〇年代正是她學成歸國，也是隱地創業的年代，隱地避開鄉土文學的論戰，主編

《書評書目》，後來發展自己的事業，創立「爾雅出版社」，替作家提供一個出書的平台，也為國人提供優質的文學作品。

《回到八〇年代》主講人是作家、學者陳義芝教授。八〇年代，陳義芝剛好在《聯合報》副刊擔任編輯，他說那是文學最美好的年代，閱讀風氣鼎盛，真是一段文學的流金歲月。作家的收入可觀，公務員一次調薪百分之二十，是一個臺灣人揚眉吐氣的年代，因此報紙副刊成為人民最重要的精神食糧，文學書籍很容易大賣，也是爾雅最風光的年代，隱地《回到八〇年代》正好為那個年代留下寶貴的記憶。

《回到五〇年代》由林芳玫教授主講，五〇年代是臺灣克難的年代，物質生活極為艱苦，但是百姓的生活態度積極，林教授說她是大稻埕地區的人，這地方大部分是臺灣人，但是她家附近的「永樂町」卻是唱大陸各地方戲曲之處，譬如顧正秋等人就常在永樂町演出，正如隱地先生在這本書裡說的：「五〇年代是貧乏而又豐富的年代。」貧乏是物質的，而豐富是心靈的。

《回到六〇年代》由文壇才子亮軒教授來分享，亮軒談起讀這一套書，越讀越覺得這是自己寫的，怎麼會是隱地寫的呢？讀著讀著感覺自己有好多地方想補充，難怪隱地的再版本又加入了更多新資料，或許真可以來寫寫補遺！亮軒妙語如珠，說話很吸引人。

《回到九〇年代》由出版人允晨出版社的廖志峰先生主講，他站在一個出版家的立場來看隱地此書，他說九〇年代末期出版業已經由高峰開始走下坡，對隱地的堅持感到敬佩。

張世聰和隱地合影。

然後由熟知隱地的幾位作家來說說他們眼中的隱地：劉靜娟說隱地寫這一套書好厲害，記憶力驚人！但是最近和隱地通電話，常常覺得他也有記不得的人、事，可見他查書之勤。作家愛亞說隱地是一個溫暖的人，知道版稅對她的重要，絕不開支票，一定相約吃一頓飯，然後親手奉上現金。林文義先生說，他對這套書的完成，下了一些遊說的功夫，高興隱地終於圓夢。

最後，主角隱地先生也站起來說了話，隱地是一個溫文儒雅的作家，但是正如林芳玫教授說的，隱地先生有些話也是很「辣」的，因為他是一個對、錯分明的人；他對這個時代許多人從不閱讀感到憂心，但是他認為只要堅持下去，繼續出版好書，用好書來影響社會人心，美好時代還會再度光臨。

離開前特地向隱地先生致意，預祝他的五本書大賣，也感謝他為臺灣文學留下寶貴資料，也給我貧乏的知識許多養分。

一個收穫滿滿的下午，這樣的發表會溫馨、充實，我喜歡。

要不要選這一系列的書來和大家共讀，讓我猶豫許久，這一套書對未來研究臺灣文學的人而言肯定是一座寶庫，它保留許多珍貴的第一手資料。但對我們許多人而言卻有許多隔閡，許多陌生。隔閡是因為太偏重文學，陌生是因為我們大多數人對文壇，或者說對作家並沒有太多的關注，何況年代久遠。還好隱地先生文筆流暢，用字遣詞平易近人，談人說事常常逸趣橫生。從「年代五書」中特別挑選《回到五〇年代》，只因為我正是出生於五〇年代，那是個艱困的年代，也是激發我們走出困境的年代。

所謂「五〇年代」是指一九五〇—一九五九，也就是民國三十九至四十九年，對中國而言這是一個驚天動地的年代，國民政府在大陸節節敗退，最後好不容易在臺灣找到立足之地，卻是一窮二白，經濟大崩壞的年代，也就是隱地所說的：「被貧窮襲擊，幾乎一輩子在飢餓邊緣掙扎」（頁一五）的年代。於是政府發起「克難生活」運動，軍隊「沒有菜，自己種，沒有肉，自己養豬，沒地方住，就要自己動手蓋房子，其他修橋鋪路更不在話下。」（頁一九）我是一九五二年生的，正是臺灣最貧困的年代，我現在保有一張大約五、六歲時和二弟拍的照片，我依稀記得身上穿的衣服、鞋子，全都是借來的，拍照的主要目的似乎是要寄給遠在金門服役的父親。我當然還記得我那殘破的家，竹屋泥牆，牆面四處破洞，蚊蟲出入無礙，豬圈、牛圈挨著住家，夏天暑氣逼人，蚊叮蟲咬，根據我母親的說法：「營養不良的臉蛋，沒有一處不被蟲咬！」家裡硬是連個蚊帳都買不起，難怪現在我對蚊子叮咬完全「無感」，免疫了嘛！冬天北風呼呼，冷冽逼人，把家裡的衣服疊床架屋似的全穿在身上，仍然冷得牙齒叩叩響，如今想來，衣服質料太差，穿在裡頭的一件比一件短，加以營養不良，骨瘦如柴，身上沒有半點脂肪（如今反而羨慕自己當年的身材），冷風一吹，冷入骨髓。

隱地先生說的「五十年代之最」，我一個也沒看過、聽過。第一次到臺北來應該是小學畢業旅行，那已經是民國五十四年了，似乎是來參觀一個「農機」展，第一次看到那麼多車，那麼多人，緊張得不得了，連過個馬路都叫人膽戰心驚。似乎也沒參觀百貨公司，買不起東西，可能連我們的老師都是個「鄉巴佬」，百貨公司肯定是不會去的。對圓山動物園倒還有點印象，所有記憶中只剩下「龐然大物」林旺爺爺，在籠子裡踱來踱去，極度毛躁的老虎，雖是關著的，我仍然怕得不敢太接近。那時沒電視，隱地先生說的電影、明星等等，五〇年代的我當然也沒聽過、看過，吃都吃不飽了，誰會有閒情、閒錢去娛樂！至於「咖啡」的香氣等等，別說喝過、聞過，連聽都沒聽過。所以住在臺北、父親是一女中老師的隱地先生，肯定比我這個中部鄉下的孩子日子好過多了。民國四十八年的八七水災，在中部四縣市造成嚴重的災害，我父母親辛辛苦苦在河邊開墾，即將收穫的地瓜田，流個精光，我母親站在高處，眼看著養家活口的田地一寸一寸的沒入水中，嚎啕大哭，那聲音現在仍迴盪在我的心坎裡。

還好有文學！在那麼艱困的年代，居然還有潘壘這樣的人物，一個越南華僑，身懷鉅款，從上海來到臺灣辦《寶島文藝》雜誌，雖然僅僅一年就血本無歸而停刊，但由此也看得出來許多人對文學還懷著夢想。譬如作家師範也辦起《野風雜誌》，程大城創辦《半月文藝》，這些都在替臺灣早期貧瘠的文化沙漠努力灌溉。而許多國營事業也都有自己的刊物，如中油的《拾穗》，鐵路局的《暢流》，臺糖的《臺糖通訊》等等，雜誌、報紙均提供園地，讓作家有發表作品的機會。而寫作對個人而言可以抒發感情，也可以為困難的生活帶來微薄的額外收入，更何況曹丕說過：「蓋文章，經國之大業，不朽之盛事。年壽有時而盡，榮樂止乎其身，二者必至之常期，未若文章之無窮。是以古之作者，寄身於翰墨，見意於篇籍，不假良史之辭，不託飛馳之勢，而聲名自傳於後。」寫作正是讓自己永垂不朽的方法之一。對讀者而言，閱讀帶來樂趣，帶來知識的增長，帶來眼界的開闊，帶來內心的平靜，在貧困的年代，文學相對的重要。

報紙是最好的傳播媒介。一九五〇年余紀忠先生創辦《中國時報》的前身——徵信新聞；一九五一年王惕吾創辦《聯合版》，這兩家報紙再加上由中國國民黨創辦的《中央日報》，為五〇年代帶來許多衝擊：思想的衝擊，國際視野的衝擊，政治的衝擊等等。

我的成長歲月是伴著《新生報》、《聯合報》、《中國時報》而長大的，尤其是中時的許多海外專欄，影響我更深。那時的專欄都是由名家執筆，高瞻遠矚，見解宏觀，以家國為重，真有振聾發聵的效果。《中央日報》的副刊常能脫離黨派，追求文學的真、善、美，後來《中國時報》人間副刊起用高信疆，《聯合報》副刊由詩人瘂弦主持，形成良性的競爭，兩報都廣設文學獎，評審公允，鼓勵後進，對臺灣文壇貢獻卓著。隱地說：「余紀忠重視文藝副刊，若地下有知，今日仍以《中國時報》為名發行的報紙，『人間副刊』竟然一週僅剩四天，他必氣煞。」（頁七八）（編註：現已增為五天）

一九五八（民國四十七）年，我們有必要特別關注一下，這一年臺海發生八二三砲戰，當初如果臺灣打敗了，我們大家的命運恐怕都要大大改寫。在蘆溝橋對日本人開第一槍的吉星文團長也在這個戰役中犧牲了；也因為兩岸關係嚴峻，詩人洛夫一九五九年奉派金門，住在潮濕、陰暗、緊張、寂寞的地下碉堡裡，寫下非常著名的《石室之死亡》長詩。隱地在一九五八年這一篇專文中特別提到一個詩人——覃子豪，他引研究覃子豪的年輕學者劉正偉的話說：「覃子豪不管生活遇到任何難題，他永遠不忘自己生命的主奏，就是詩、詩、詩，於是他寫詩、評詩、辦詩刊，並扶植年輕輩對詩有興趣的人，他是真正的『新詩播種人』。」（頁一四九）老一輩的人執著於自己的理想，畢生傾其全力去追求內心的想望，覃子豪對楊喚的早逝感到惋惜與悲痛，因為他是一個愛才的人。而作家

歸人更是一輩子都在為楊喚的詩作「敲鑼打鼓，還不停地幫他編詩選，一本接一本出版。」（頁一四八）

愛才的還有一個更著名的人，他就是胡適。一九五八年胡適接任中研院的院長，胡適選擇臺灣而不是大陸，給臺灣無比強大的鼓舞，胡適主張民主、自由，提倡科學，為那時的臺灣注入源源不絕的活水，而胡適也曾經當過北大的校長，隱地說：「五〇年代，幾乎全民都認識他，也熟悉他慈祥的微笑。」（頁一五二）胡適的愛才、惜才都可以從陳之藩的《在春風裡》那本書中看到，老一輩的讀書人他們的心胸是非常偉大的。

要瞭解五〇年代，讀一讀「輯外輯」中的〈煤球〉這篇小說或可一窺時代的整體樣貌，郭明福的〈從一篇小說看克難年代的容顏——兼談張小鳳的〈煤球〉〉一文說：「〈煤球〉作者盡到了一個小說家的職責——讓人看見；我們看見了一個需求與供應失衡的環境，看見了一個大家湊合著過的年代。」（頁一八六）因為貧窮，失掉親人，離鄉背井，十四歲的淑嫻只得依靠老兵老王，而善良的老兵老王也想獲得一個最起碼的家，於是在淑嫻十九歲時，媒人大嬸對著淑嫻說：「我看，你就嫁給王叔叔吧！兩個人就近互相照顧，好歹也是一個家。」（頁一九三）這就是郭明福所說的「大家湊合著過的年代」！

物質缺乏的五〇年代，卻是人人力爭上游的年代，人人努力不被貧窮擊垮的年代，那時臺灣人懷著「嚼菜根」的精神，過著「克難」的生活，卻對未來抱持希望。現代我們物質不虞匱乏，可是我們的年輕人對未來缺乏信心，不敢結婚、不敢生子，如此看來，惡劣的環境正是激起人類鬥志的動力，希望我們讀這本《回到五〇年代》能得到一些啟發，重新向前走，開創出一個新天地！

關於本文作者

張世聰，臺灣南投人，一九五二年生。先後畢業於省立臺北師專、國立臺灣師範大學。曾任國小、國中教師，現已退休，仍然喜歡教學工作，曾獲得師鐸獎、李連基金會教育大愛獎。深信教育可以讓人變得更好、更善良；閱讀可以豐富生活，美化人生；常接近文學則可以洗滌心靈，觀照生命。

一九九九年起帶領建成國中家長讀書會迄今，已超過二十周年。期盼把閱讀風氣帶進家庭，讓更多人享受讀書之樂，透過書本的潛移默化共同營造祥和、美好的社會。

美國總統歐巴馬的口號 Change 很適用於張老師：任教職從小學到國中、從A段班到含身障生的普通班；課程從中文到音樂、電腦、茶道、演講、讀書會……變化多端。永遠的熱忱，待學生如子，每週一封信與同學談心，是學生最喜歡且最敬愛的老師。退休後一本讀到老、學到老的精神，繼續帶領「建成國中讀書會」，寫下導讀數十萬字，出版《論書何必先同調，人生樂在相知心》、《閱讀爾雅》、《就是愛爾雅》、《一個導師的婆婆媽媽》、《一起讀書真幸福》等書。

輯四

在理想與現實之間

臺大文學講座
洪游勉文學講座
臺灣文學研究所主辦

一個文藝青年
能做些什麼
一個文學出版社
能做些什麼

隱地 主講

臺大出版中心
NATIONAL TAIWAN UNIVERSITY PRESS

一個文藝青年能做些什麼？
一個文學出版社能做些什麼？

——二〇〇六年十二月二十二日

應臺灣大學東亞經典與文化中心演講紀錄

柯慶明教授開場白

各位同學，今天我們很高興請到我多年非常敬重的一位文藝界朋友。剛開始認識他的時候，我以為他是短篇小說家；後來有一陣子以為他是散文家；又有一陣子竟然意外地發現他是詩人，而且寫了很多好詩；現在，就在今天早上，得到一個最讓人興奮的消息：他的第一部長篇小說出版了！還有，只要看他的文學日記就可以感覺出來。他是一位非常非常地道的文學人，一路走來真是充滿了光風霽月。現在就請大家以熱烈的掌聲歡迎隱地先生。

柯教授、各位同學

你們各位好。這麼一早大家來聽我的演講，頗讓我有一點緊張。基本上我自己設定——一月三號我還有新竹師專一場，然後打算結束我這樣跟外界面對面的演講。

就像今天我剛出版的一個長篇，我說：「青春像一張落葉，生命是一場驟雨。」生命短暫，人生很快就會到頭。我認識慶明兄的時候，大家都很年輕，文藝青年；如今轉眼就準備要迎接老年生活。今天有這樣一個機會真是難得，特別慶明兄說隨我怎麼講都可以、讓我純粹來表達自己。而我想到各位鑽研的都是文學，或許對我這個議題有點期待，我把諸位都假想成文藝青年，所以我的題目就是〈一個文藝青年能做些什麼？〉；假設有一天諸位有機會，像我一樣也開了一家出版社，那麼〈一個文學出版社能做些什麼？〉這樣的講題，或許也能引起一部分同學的興趣。當我輩年紀大了之後，有一天務必要退隱，後面一定需要年輕朋友也來繼續走這條路。文學是一條永遠的路。

我先自己簡單地說我的童年。七歲時我被送給人家撫養，所以我在鄉下長大，一直到十歲都不識字。我生在上海，父母可能經濟因素把我送到崑山鄉下（顧炎武的家鄉），一個非常偏僻的鄉下，整個村莊無人識字，直到十歲父母才突然想起我。

父親在臺北北一女教英文，母親催他，他只得到大陸把我接來臺北，這是民國三十六年的事。兩年後準備回大陸了，沒想到國共內戰國民黨挫敗，大陸很多人都在往臺灣逃，我們回不去了！只得繼續待在臺灣。我小學從二年級開始讀。讀了一年又跳級，三跳兩跳，弄得我從此數學一輩子跟不上，以後一路掛零，直到考大學都是鴨蛋；關於幾何、三角對我來講，只曉得sin、cos，其他什麼都不懂！上數學課都是低著頭，深怕被老師抓到講臺上去。老師要我在黑板上演算，結果一上臺就掛在那裡，一直掛到別人下課。

等到上國文、歷史或地理課，可就是我的天下啦，每次叫我上臺，我都表現傑出。所以我就在這樣一個非常不平衡的教育狀態之下，度過我的小學和中學生活。

考大學的時候名落孫山，當年第一志願是貴校歷史系，因為我數學零分，當然沒有考上。後來我們鄰居有一位在國防部上班的林家伯伯——就是在我《漲潮日》那本自傳裡寫到的「四千金」，小時候我們一起長大，當林伯伯得知我的第二志願想讀政大新聞系，他說：「北投政工幹校也有新聞系，你可以去讀，學校還發零用金，你讀四年學校都不必花錢。」我糊里糊塗就去考，考上了。問題是我個性文弱，身體也不好，「文藝青年」進入軍校，各位可以想像那四年我過得多麼淒慘！還要踢正步，一個口令一個動作，做這些事對一個「文藝青年」都是一種折磨，但我忍下來了，因家境不好，如果中途退學，需要賠雙倍的錢，你進去以後就不可以隨便離開，我就這樣忍了四年。

讀四年軍校，遇到自己不喜歡的課我就低著頭在那裡寫，老師以為我在記筆記，其實是在寫小說。所以一畢業就出版第一本書《傘上傘下》，那是民國五十二年。以現在臺灣書市場淘汰之快，理論上早就應該沒有這本書了，意外的這是一本長命書，因為後來這個年輕的作者有了他自己的出版社，這本書就一直延續到現在，而且換過四個封面。

這就是自己有出版社的好處。由於學生時代就在皇冠寫稿，所以我認識年輕時候的平鑫濤先生。他讓我的第一本書掛名在皇冠出版，出版經費來自救國團四組的借貸，當時負責這項業務推動的即是作家郭衣洞（柏楊）先生。當年書賣得不錯，從平鑫濤處拿到書款，立即轉手還給了救國團四組。

我繼續寫啊寫啊，那時候國民黨中央四組辦了本《自由青年》雜誌，對當時的年輕朋友影響很大，因為許多人都看那本雜誌，前面半本是理論、論述或其他方面的各種專欄，但後半本都是文藝、文學，大量發表年輕人的作品。我也常去投稿。記得，主編梅遜（楊品純，現在九十多歲）先生沒有家累，一個單身漢，他以辦公室為家，就住在昆明街四十九號二樓。那時我們到西門町，不是去看電影、去玩，而是到《自由青年》，聽梅遜先生談文藝、說文學。那是一九六五年，當時還有一位魏子雲先生（一九一八—二〇〇五），在雜誌上主持一個「西洋文學賞析」專欄。我當年不但自己寫作，而且對跟我同齡的作者也非常留意，就是說一起寫的有哪些年輕人，全是我注意的目標。那個年代好像不管你在南部、中部，只要你寫，我們彼此都會熟悉筆名，梅遜先生見我對文壇種種這麼有興趣，這麼專注，他為我開一個專欄，要我評介當時文壇青年作家出了書或單篇的文章。民國五十六年結集出書，書名《隱地看小說》。剛好被文星書店蕭孟能先生看到。而我一方面在介紹作家的書、談別人的作品，同時自己也在寫小說；當我的短篇小說累積到一定數量，就把剪報寄給文星。當年誰能在文星出書，就等同在文壇上有了立足點！有一天蕭先生到廈門街我家，適巧外出，媽媽告知有位中年人留了名片。一看，心想：一家書店的老闆，親自出馬，理論上應該是好消息。否則，他大可把作品剪貼簿退還我就好了。

三天後見到蕭孟能先生。他說：「我不但要出版你的小說集，而且我知道你對臺灣文壇關心、瞭解。手邊我已經有葉珊和劉靜娟的散文集，只出兩本孤零零引不起讀者注意。文星希望出一批年輕人的書，我打算一次出足十本。現在，連同你這本已經有了三本，請再幫我找七本稿件。」於是，一聽之下當即展開這項令我興奮的工作，一方面告訴作家有這麼一個好消息。一方面就不停地跟康芸薇寫信，跟曉風寫信，還有舒凡、邵僩、江玲、趙雲，都是當年和我差不多年紀的作家。大家都好高興，寫作剛起步，誰不希望能在文星出書。

七本稿件交到孟能先生手裡，他抽出林懷民的《變形虹》說：「並非他寫得不好，這批書是給大學生看的，總不能請中學生來寫。」那時林懷民還是衛道中學高二的學生。

後來我們那一批書，被詩人余光中形容為「一脈青青的綠」，一九六七年光中先生從美國回來，那個時候的余光中，在文壇上光芒四射，孟能先生也希望透過他來提攜這一批年輕人。

不久，林懷民把《變形虹》交給了水牛出版社。

當時我還在軍中服務，那時我有兩個身分。除了寫作，正在主編一份後備軍人的文藝雜誌，我居然把軍中雜誌編到能夠到社會上去賣。重慶南路的書攤上，幾乎家家掛出了《青溪雜誌》，那時候我邀請到林海音、彭歌、朱西甯、王鼎鈞、余光中等大咖替《青溪雜誌》寫稿，大家都覺得不可思議。

可這也害了我，六〇年代，軍中對「文星」很敏感，文星書店後來被迫關門！有人也把我列入文星幫。所以升到上尉就再也升不上去，我應該升少校的，始終沒消息，最後我們出版社的副社長張友繩對我說：「你到底有什麼問題啊？」（其實副社長也是冒了險，他不該告訴我這個消息），最後我才慢慢從他的口風裡得知我的資料大有問題，已經和「文星集團」糾纏不清。

一九六八年小說家朱西甯編國防部的《新文藝》，他正要退伍，所以出現一個空缺，要有一個接編人，我的同班同學王耀華，剛好是王昇將軍的侍從官，朱西甯一下臺他就問我：「《新文藝》你要不要來接？」本來我想《青溪》編得好好的，就編到退伍算了；發生這種狀況，就拜託他：「還是讓我去接吧，我的單位已經對我打了問號。」到新中國出版社接《新文藝》之後，就乖乖的、中規中矩的每月把雜誌編出來，再也不想新花樣，也不出新點子，以往過於熱情把社會上有名的作家全拉來替軍中雜誌寫稿，增加其文學性，可是軍中完全不領情，不如就把它編成一本老派的雜誌。軍中和後備軍人愛寫作的朋友很多，只要抓緊正確主題，這太容易編了！一年後，我服役十年期滿，立即退伍。

其實未到退伍年限，晚上，我已經在林海音林先生的《純文學》上夜班做她的助理編輯，也就是那段期間，剛好有一個「洪建全教育文化基金會」要我編《書評書目》，因為基金會負責人的媳婦簡靜惠是我太太林貴真的同學，她想透過基金會做些事，當她知道我熱愛文學，希望我幫她開些書目，那時她還是留學生尚未回來，她說：「你能不能幫我開些書目？在美國我們留學生什麼都有，臺灣的罐頭、臺灣的衣服、臺灣的什麼……家人通通會寄來，但是書很少。我們在海外整天看洋文書，我們渴望看一些國內的書，有沒有什麼好的小說、好的散文，你開書目，我們家有個基金會，透過基金會，我可以買一些書送給喜歡看書的海外留學生。」開頭是這樣講的。我聽後覺得書不但海外需要：「我們國內也需要哦。能不能辦一本簡單的書評雜誌，介紹書、評介書，讓一些好書透過一本雜誌的推薦，人人都獲得訊息。」然而簡單到什麼程度呢？我就沿著重慶南路的書報攤去問：「到底幾塊錢起你們才肯讓這本雜誌掛出來，掛在你們書攤賣？」過於便宜，人家就不願意賣。最後從書報攤老闆得到的結論至少十元臺幣。這是民國六十一年的事，我想折合成現在的價格應該是一百元左右。

我們就按照十元的價目編了一本《書評書目》創刊第一期。雜誌一上市就受到好評，一些喜歡文學的朋友、甚至於我的老師，大家都覺得臺灣缺少這樣一份介紹書、批評書、對作家關懷的人文雜誌。

我帶來了最初幾期的《書評書目》，你們看，當年的《書評書目》薄薄一本。這套雜我相信至少國家圖書館一定保存著，臺大圖書館有沒有我不知道。這是一套值得保存的雜誌。這幾冊是我在那一套裡面隨便抓的，譬如第十九期，我就用了林懷民推薦的——郭英聲的攝影作品做封面，在七〇年代來講是很現代的：一個電熨斗壓在鐵軌上。在那個年代膽敢用這樣有創意的封面，說來也須要有些勇氣。

《書評書目》創刊號，二十開本，一一二頁，最初是雙月刊，後因受歡迎，銷路也一直上升，第十五期因刊了蕭毅虹論〈瓊瑤作品的今昔〉再版一千冊，它幾乎可以平衡，何況後面有一個基金會支持。但我們人手卻少得可憐，這本雜誌剛辦的時候就是我一個人，不久配給我一個會計幫助做帳目，編務仍然只我一人忙，幸虧那時已經展開編「年度小說選」，我已經有自己的人脈了，很多朋友就義務幫忙，包括景翔、覃雲生、沈謙、鄭明娳等。

自第九期起改月刊後一個人真的忙不過來，我就請當時還在輔仁大學念書的陳芳明，做我的助理編輯。我們私底下都屬文藝青年，他比我小十歲，七〇年代我記得自己交了很多比我小十歲的朋友。芳明之後，又請來一位自陸官退伍的周寧（周浩正），周浩正現在各位也許對他不熟悉，當年他可是跟詹宏志、王榮文曾經都是火紅的人，也是遠流出版社風光年代的三巨頭，後來他們又分開了，詹宏志創辦 PChome 網路行銷，周浩正一度自創「實學社」，出版歷史、商戰叢書，遇到出版業不景氣，現已退休。

想說的無非是我們那個時代的左右手，我的副手都是極有創意和想法的人，年紀雖輕但膽識過人，我們敢向權威挑戰，包括當年透過報紙副刊大篇幅隆重連載楊子的長篇小說《變色的

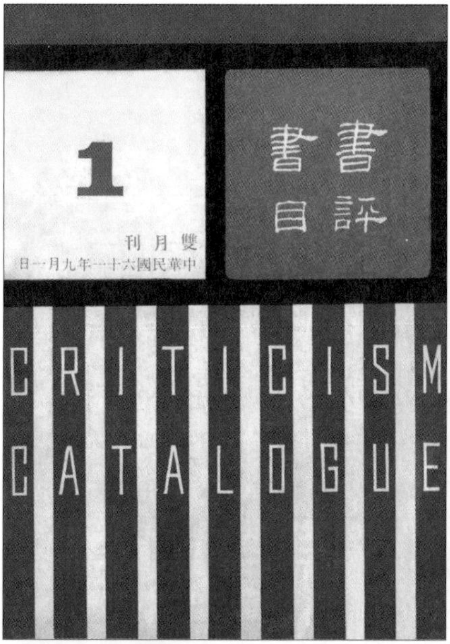

封面設計：王菊楚

第四十九期

封面攝影：郭英聲

太陽》，聲勢浩大，讀後卻令人失望，於是《書評書目》的「第三隻眼」專欄，出現一篇書評，結論是：「地動山搖之後出來了一隻小老鼠」。鹿橋因為《未央歌》名氣甚大，等到《人子》出版，亦被評為：「人子愛吃糖」。那個時候我對所有《書評書目》作者群個個保密，我們大概有十來個朋友輪流執筆，各人都不用真名，以「第三隻眼」，向作家挑戰。

其實早在第六期，當小說家王文興出版《家變》，由於他完全將傳統語法破壞，把文字割裂，古怪的文體，看來還不如小學生作文，當然王文興都是故意的，他是大學教授，他不可能連一個通順的句子也不會寫，對他來說，嚴肅面對每一個中國字，《家變》裡的每一句、每一字，都可說是他精雕細琢，費盡心力，彷若磨繡花針，他寫下的每一個字，甚至每個標點符號都不可更動……而我們不以為然，認為王文興的苦澀文字其實只是刻意的混亂。

我講這些小故事表示我們那個年代的人是那麼自信，像楊子我們的想法就是「名氣那麼大，結果大家以為總有什麼大傢伙在後頭，啊……看了半天，噢，怎麼出來的只是一隻小老鼠！」顯然要壓壓大人物的威風。用心顯然是希望每一個作家寫作務必謹慎，不要亂寫，尤其出了大名的作家，更沒有亂寫的自由。

文壇需要這樣一本雜誌來監督文人不隨便寫，而不是一個銅像豎立以後永遠長存，我們基本上是要打倒銅像，必須貨真價實，才承認銅像的價值。我想「書評」真正的意義在此。

很可惜《書評書目》只辦了一百期。我自己編到四十九期就離開了。今天我也可以坦白的說：離去是跟當年創辦人理念開始不合。一本名為《書評書目》的雜誌；有人不以為然，為什麼只有文學？還有歷史、心理、社會科學方面的許許多多書，你叫《書評書目》，就應擴大書評的範圍，才有意義。

觀念迥異，就無法再合作。基本上我只是一個文藝青年，懂的只有文學這小小區塊，其他各類的書，書海浩瀚，沒有鑑定能力。綜合書評雜誌，後面要有一個龐大的編輯群，擔不起這樣的責任，於是我離開。

人生在世，當一條路走不下去，永遠有另外一條路在等著，離開《書評書目》後，也促成我後來辦了爾雅出版社。

在辦爾雅之前，我已展開編「年度小說選」。

進入六〇年代，市面上報紙、雜誌琳瑯滿目，副刊上好的小說更是讀不勝讀，但那完全是一個理工的年代，有些作者發表了幾篇好小說就不見蹤影。像貴校當年讀醫學系的王尚義，他的《野鴿子的黃昏》曾風靡五〇年代的文壇，原先他對文學有興趣，渴望做一位作家，可父母希望他當一個醫生、或者去做一個科學家，諸如此類。所以我曉得很多作者寫了幾篇小說就留學去了，進入別的行業，我想這些原先可當作家的人在無形中消失，或者一篇傑出作品就這麼湮沒，實在可惜。所以我一直希望能把報上的好小說保存下來。如果一年裡把最好的小說聚合在一起多好，這就是我編「年度小說」最初的構想。

構想雖佳沒有金錢支持，說來都是一場空，問來問去問不到出版社願意接我這樣的稿件。總算有一家仙人掌出版社，負責人林秉欽，他是《文星雜誌》的發行人員，文星被迫關門，他離開時把文星讀者名單攬在手裡，他在文星做過事，也夢想有一天能夠有一個像文星這樣的書店重新誕生。

仙人掌出版社接受了我的意見，要我試編一本交給他們出版。等到書印出來的時候，書名改成《十一個短篇》，而不是我最初希望的《五十七年短篇小說選》，因為我是要做「年度短篇小說選」，林秉欽說：「能賣我們就繼續出。」結果第一本就出師不利，主要、當初我沒有名氣；第二、宣傳也不夠。

「仙人掌」不願繼續，但我就是不死心，繼續編五十八、五十九年，我一個人就編了三年。後來又拉了沈謙、鄭明娳、林柏燕、洪醒夫等人來一起做這項有意義的工作。成立「年度小說選編輯委員會」，一直編到民國八十七（一九九八）年，前後長達三十一年。

有人堅持做一件事三十一年，這不容易。各位同學，現在開始可以構想你們要做些什麼事。我覺得「年度小說」這一件事，在我生命裡，幾乎比我的出版社更重要！而它卻中斷了，我當然很痛心。

為什麼會中斷？說來也是我的問題。當它銷路非常好，轉載費一年一年上升，從三千元、五千元、一萬元，這樣一路升。到七十六年季季編了一本《年度小說選》，已經可以銷到一萬

大江時代的「年度小說選」

書評書目時代的「年度小說選」

仙人掌時代的「年度小說選」

六千本（八版），這是很有利潤的一本書，書，通常兩千本就可以賺錢了，兩千本以後，三版、四版、五版，後面那些版是越賺越多。

編「年度小說選」，是我年輕時候的夢想，從頭到尾我個人不要賺它的錢，所以有了盈餘通通要回饋編者、作者。我們「年度小說」的編輯費，就從一萬、兩萬、三萬往上升，升到最高時編輯費居然高達十二萬；每一篇小說轉載費最後也付到一萬二，所以，後來一本《年度小說選》是四本書的成本，由於費用高，但是書在好銷的時候我一點也不覺得累，因為確實好賣；我覺得也要給榮譽感，你選進年度小說，是一種榮譽，如果你永遠只給人家兩本書，那有一天會覺得：「那個獎得不得沒關係。」我是希望透過「年度小說選」樹立這樣一種榮譽。

但是到八十七年為什麼會停呢？說來整體臺灣的文學書，到了九〇年代後期，已江河日下，更嚴格地說，一九八八年之後文學書已逐年降溫。

原來一九八八年蔣經國病逝，蔣家強人政治結束，李登輝任總統，社會開始多元化。我整個的感覺：辦爾雅出版社、辦《年度小說選》，基本上是爬山，我們從兩千本慢慢往上爬、往上爬。我們這座山是爬得夠高了，像爾雅的很多書都在十萬本以上，《開放的人生》有四十萬冊，如果有這樣一個背景的話，這個出版社是大有可為的！想到自己當年用三十萬元創立這樣一家小小出版社，可是這三十一年來受惠的作者、受惠的文人真是無數。

幾天前碰到一位文友：「唉呀！你曉得嗎？你第一筆給我的版稅，可是讓我結了婚的！」

所以八〇年代，出版業曾經有一段非常光輝燦爛的時光。那時我的文人朋友，像張曉風、席慕蓉、愛亞、蔣勳、楚戈、馬森、龍應台，幾乎見到他們面，就經常順便發版稅，每次他們看到我顯然我是受歡迎的人物：「真好，隱地又要來發版稅了！」那年月，的確是這樣。而今跟作家互動變少，甚至好多年不見，因為永遠沒有什麼版稅可以付！一本書兩千本印出來就不再版了，說來慚愧，最近爾雅的初版書退到只印一千五百本，一千五百本裡面有的時候還有百分之五十的退書。

再講「年度小說」後來停掉有幾個原因。一個原因是書（量）銷不上去，慢慢掉成兩千本。早年爾雅還有很多暢銷書，有利潤可以支持「年度小說」，問題是我後來自己的中心思想動搖，因為到了民國八十七年的時候，爾雅營業額驟降，為了保住爾雅能長久維持下去，必須砍斷製作成本費昂貴的「年度小說選」。此外還牽連到一個「洪醒夫小說獎」。因為洪醒夫是當年我們一起編「年度小說」的朋友，年輕時候他發生車禍過世，我們這一個小團隊覺得要紀念我們的朋友，在「年度小說」裡面設立「洪醒夫小說獎」。

小說獎從民國七十一年開始（洪醒夫就是那一年過世的），當時因為洪醒夫的小孩還在讀小學，聯想到：「這一個家庭裡面最主要的人走了，他孩子的學費怎麼辦？」所以設獎紀念醒夫，也要設法把獎金分一部分給他的孩子。

七十一年時只有一萬元的獎金，給小說獎的得獎人；另外一萬元給孩子，讓他讀書。如此繼續很多年。後來增為兩萬元，孩子也增為兩萬。洪醒夫小說獎一直持續到八十六年。

《八十七年短篇小說選》由邵僩主編，但那一年他居然選不出「洪醒夫小說獎」！邵僩也是年輕時在文星共同出書的九位作家之一，整本「年度小說」選出來了，但他選不出「洪醒夫小說獎」，他說：「洪醒夫是鄉土文學作家，田莊人出身。這十一篇小說作為『年度小說』可以，可是選不出具備洪醒夫那種刻苦精神的作品。」他說：「我選不出來。」於是，我把《八十七年短篇小說選》從頭到尾細讀一遍，題材幾乎都是寫都市人亂倫、外遇和沉淪，到了民國八十七年的時候臺灣社會已經亂七八糟了，小說反映社會，所以小說的內容真的是……我想想確實也沒有哪一篇小說值得給「洪醒夫小說獎」。

讀過邵僩編的小說選，我突然對小說心灰意冷。因為最初我們編「年度小說選」，是快樂的，老覺得小說好好看，但等到看八十六、八十七年的，已經痛苦了，說：「現在小說怎麼這麼難看？」首先寫得難看，小說家到了九〇年代幾乎不會說故事，更不要說一個動人的故事。而新一代的小說家，全部都寫觀念，寫一些好像要與眾不同，甚至文字也生吞活剝。加以我那個時候經濟能力，也養不住這樣一本要四本書成本的一本書，所以覺得與其這樣，我要保護我的爾雅出版社，於是決定停辦。堅持了三十一年，也可以了！

消息走漏，九歌的蔡文甫先生馬上問我：「我們九歌因為在做『年度散文』，對『年度小說』很有興趣，我來接如何？」我說：「好啊，有人做總比沒有人做好。」只是第二天，報上立即刊出新聞「爾雅出版社停辦年度小說，由九歌接編」。

這也沒關係，但新聞報導「洪醒夫小說獎」九歌也接辦。當我看到這消息，當場愣住，心想「洪醒夫小說獎」跟我有一種感情在裡面，九歌如何接辦？且從頭到尾沒有事先打聲招呼，我就只好等著：「好啊，看你明年洪醒夫小說獎給誰？而且有一部分還應該給他的孩子，九歌是不是也給呢？」

第二年九歌版「年度小說選」出版，從頭到尾未提一句爾雅三十一年做的工作！唉，接編這本書總該談談「年度小說」的來龍去脈……沒有！這也沒關係，好像從石頭裡蹦出來的。但最讓人不解的是「洪醒夫小說獎」不見了！明明九歌在報上宣布要繼續「洪醒夫小說獎」的，怎麼就是沒有？名字變成了「年度小說獎」。

事後側面打聽，原來有編輯委員認為「『年度小說』嘛，和洪醒夫有什麼關係……既然編『年度小說』，就該叫『年度小說獎』啊！」「洪醒夫小說獎」沒了，洪醒夫孩子那邊的一筆錢也就省了。

接著，我要說說，一個文學出版社成立以後，能夠做些什麼事？

也就是說在經濟狀況好的時候，你賺了錢，除了付作家該付的版稅、轉載費，接下來，一個文學出版社，以我自己做例子，還做了這些事——

首先應替作家拍幾張有個性的照片。因為早期書後放的作者照片都太粗糙，作家隨便由抽屜找一張身分證登記照之類的。當我看到西方的書，天啊！同樣是書，不論作家長得如何，看起來各有不同氣質，讓人留下深刻印象。

我們花了不少錢，出了兩本作家攝影集，一本黑白，一本彩色。替作家拍照不簡單，你看這張是蘇雪林、還有臺靜農教授、當年的三毛……幸虧我們都拍了下來。現在才知道這件事做得真對，因為一旦人走了，再也無法捕捉到他們的影象。徐宏義這本黑白的《作家的影象》，以余光中為封面，拍出了余教授的神韻。為了拍照，要跟作家一個一個聯繫，有的作家說到哪裡拍你就要到哪裡。

離開《書評書目》以後，我仍然覺得文壇很重要的就是批評，所以除了編「年度小說選」、「年度詩」，更重要的一塊是不能沒有批評。從一九八四年起，邀陳幸蕙一連編了五冊「文學批評」。八〇年代，我們連這樣硬的批評集最初兩冊也都印四千本。而現在連較能銷的小說居然一千五百本都賣不完；可見八〇年代臺灣文學曾經有過轟轟烈烈的好風光。

爾雅的「年度詩選」從民國七十一年開始，由詩人張默、向明、向陽、張漢良、李瑞騰、蕭蕭他們六個詩人輪流編。

六位詩人可真是認真啊！我記得八〇年代初期，新公園旁邊的「太陽飯店」還在，那時候每年只要編選「年度詩選」，大夥兒從早晨九點一直到晚上，共吃早餐、午餐、晚餐。每位詩人將自己一年裡選的詩全部拿出來，至少得獲四票才能通過，然後他們講理由，討論為什麼要選入？我是出錢的人，但他們說：「你老兄哦，可以坐在這裡聽；但你不能發言哦！」我沒有投票權。我也乖乖地，用心聽他們講詩，我聽了十年的詩。

聽了十年詩我仍然沒寫詩，但是後來突然之間，我要說：自己如何變成一個詩人。現在回想，其實絕對不是一隻蚊子把我叫醒，就突然會寫詩了。而是因為在太陽飯店默默地聽詩人講詩十年。「年度詩選」雖然也沒有讓爾雅出版社賺錢，但因此詩壇多了一位新詩人。

為作家做書目，也是爾雅出版社值得講的一件事，譬如琦君的《三更有夢書當枕》，同學們翻開書後的年表，從琦君的第一本書到她最後過世，這張年表一路……只要作者的書再版，就會為作者增補資料，包括琦君在九歌出版的任何一本書。有一段時間，琦君的書幾乎都到九歌去出了，我們也未因作者跑去別的出版社，就不介紹她的書，一個出版社應該要有這個氣度。

這也是小時候看電影影響了我。看日本電影，當大映公司的基本演員出現在東京株式會社公司的電影中，就會括弧註明「（大映）」，反之亦然；一如爾雅出書，提到九歌的作者，括弧就加註「（九歌）」。出版界若能發揚這精神多麼好，出版社和出版社之間也能產生良性的競爭。

各位同學，將來諸位到社會上做事，一定要有這種宏量大器。如今編作家年表，已普通平常，但三十多年前作家出書的時候，書後從無什麼作家書目或年表。

我愛讀書目，年輕時就和鄭明娳合編《近二十年短篇小說選集編目》。現在回想是很奇特的癖好，別人寫一個短篇小說，你就為他記錄下來。我是有這個習慣的，也可說我有「資料癖」！作家寫了什麼我就要為他註記一筆。這種愛編書目的習性，一直持續到我有一本書叫

《作家與書的故事》，那也是一本專為作家編的書目。

這種編書目的工作應該由作家自己來做，一個作家去幫別的作家編書目，好像也有一點怪。可是編著、編著真是越覺著迷！你看我幫哪些人編過書目？季季、廖輝英、白先勇、馬森、王鼎鈞、陳幸蕙、琦君、呂大明、張曉風、邵僩、林雙不、喻麗清、蕭颯、張系國、余光中、子敏、保真、愛亞、簡宛、蔣勳、蕭蕭、張拓蕪、席慕蓉、楚戈、張默、亮軒、梅遜……要花好長時間才舉得完。幾乎，提到的作家最新書目都在這本書裡，前面還有作家的一段小傳，以及比較有趣的一些軼事、小故事。

像小說家白先勇，當記者訪問他，問他以前還寫過什麼書啊、早期的照片怎麼找啊……白先勇聽了就會說：「你去找隱地！」我最近也跟先勇正式宣告，以後別再請記者來找我，我也七十歲了，連自己的事都開始顧不過來，從現在開始，只能為自己做事啦。而《作家與書的故事》的扉頁寫著：「獻給中國作家」，這表示服務作家是我的志業，我在做這個行業，從事文學出版，作家就是我們的衣食父母，我對作家向來熱心誠懇，有了版稅就趕快為他們送上，作家該有的權益絕不拖欠。

二〇〇五年爾雅成立三十周年的時候，出版社的狀況開始走下坡，我編了一本書叫作《書名集》，把所有爾雅好的、作為書名的那一篇文章通通收在書裡。那一年我有點倚老賣老，我說這一本是第一次爾雅不付轉載費了。沒有一個作者打電話來抗議，沒有一個作者有一句微詞，我在外面都沒聽到說：「隱地怎麼搞的……出了書都不給我們……」沒有！可能就是看在我早年對作家的付出。

在爾雅風光的年代我曾編過一套《十句話》。

《十句話》最初摘自作家的書，只要讀一本書，總會跑出想用紅筆劃出來的金句，有時候一本書影響我們一生，有時候，只是一句話，也能影響我們一生。

傑出的作家，一定可以在他書中找出難忘的「十句話」。

有些作家年歲大了，要尊重他們，記得一九八七年梁實秋教授還在，最初想請老作家在他自己的書中找「十句話」，隨即覺得不夠禮貌。於是，我就主動幫他在書裡尋找像珍珠一樣好的一些話、感動人的話，找到十句之後寄給他：「我們要出一本《十句話》。」然後一張五千元支票放在信封裡，說：「懇請同意轉載，請簽個字寄回即可。」天上掉下來一筆錢（十五年前的五千元啊），那個年代對作家來說：「哎呀！這樣十句話你就給我五千元哦！」真的是應該要付，因為這幾種書在那個年代一銷就是二、三十版。

同學們，如果將來也想編書，不可以拿第一版的版稅分給所有的作家；現在還有人在收什麼五百元、八百元的轉載費。我會跟這些出版社的朋友說：「你不要羞辱作家。」當郵差總按兩次鈴，而大多數的作家年紀都大了，有的住在四樓，當郵差不停地按鈴「鈴鈴鈴……」作家正在家裡午睡，砰砰砰跑下來，打開信封一看，五百元！羞辱作家。我說：「如果你只付幾百元，請你不要付錢，你不如像我年輕的時候寫封信，說明我們目前出版社狀況不好，只能奉上兩本書。」可能作者還比較能接受。一旦你收了對方五百元，還要填身分證號碼、鄰啊里啊什麼……要填一大堆，越填，眼淚都快掉下來了：「哎呀，作為一個作家，怎麼這麼悲慘啊！」

我常常說：「誰要編書，最少要用四、五版的版稅去分給作家。」因為萬一書好銷，之後第二版、第三版、第四版都不必付版稅，何況，有些書賣了二、三十版。或許說，書不好銷，那你為什麼編呢？你自己願意編，編書，本來就要承擔一點賠錢的風險。

這是一些觀念，做一個出版社就要有這些觀念，你才會自己愉快、作家看到你也高興，而不是說作為一個出版人你走在旁邊，人家嘴巴撇一撇，意思就：「這個人怎麼苛扣人家。」果真如此，做出版事業還有什麼趣味可言。做出版的有趣就是所有寫作朋友看到你都很高興。

八〇年代後期也出過「極短篇系列」。各位同學寫小說可以從「極短篇」起步。一個好的寫作者，要會把最複雜的情節用兩百字寫出來；更需要訓練自己，兩句話就可以說完的，卻能鋪陳出二十萬字。如果你有這兩種功力，無疑的就是作家中的將才。

小說家可以訓練自己，如何將複雜的情節寫得簡單、把簡單的情節寫得複雜，要培養這兩種能力，可以從「極短篇」入手，爾雅有非常多的「極短篇」。

我們也出了一套「作家日記系列」。今天帶來我的日記，每位同學等一下都會送一本。這套書是學者劉森堯教授給我的建議，他說：「在法國，每年都有作家日記出版。日記最能表達一個人的內心百態，一年三六五天的所思、所想，通通都在日記裡，何況人常會有隨時的靈感、隨時的靈思湧動。」同學如果對寫作有興趣，你們每個人都應有一本小小的筆記本揣在口袋裡，靈感一閃，立即寫下來，將來有一天想寫作，這些零碎的雜記都可以變成你的材料。

出到席慕蓉的日記，已經是第五本，我自己寫二〇〇二年，郭強生二〇〇三，亮軒二〇〇四，劉森堯二〇〇五，席慕蓉二〇〇六，二〇〇七將由陳芳明執筆。日記無論好不好銷，我也要掙扎出到十本，那時剛好是民國一〇〇年。

我就是純粹愛好，走到今天，我為豐富的生命覺得慶幸；成年後的生命歷程幾乎生活在興趣裡——感謝我的父母沒有強迫我去讀理工、讀醫科，我所有做的事都是我愛做的，當然偶爾也會抱怨，但是一般來講，坐到我的辦公桌前，我就是開心。我就是喜歡看稿件，從原稿文字到鉛字……變成書的這個過程，校對，來來往往，這一切的過程，都是自己喜歡的工作。

一個出版社的舞台，能否唱出一台台精采好戲，很大的一個因素是舞台後面的大環境——就是各位觀眾和讀者。我很幸運的是：從早年編《書評書目》那個年代，以及一九七五年「爾雅」創社到現在，至少直到一九八八年，臺灣有十三年的絕好出版光景。二〇〇〇年以後整體社會的劇變，網際網路和手機的發明，以及這種電、那種電……電來電去電到我們現在大家離開書本、背棄書。

五千年歷史文化傳承下來的紙本書，有時我在想，有一天它可能會像毛筆、硯台一樣，擺在博物館，導覽員會說：「這是從前古人看的。」我希望這一天不要太快來臨。小小一個臺灣永遠跟著美國走，一切非常美國化，速度快、節奏也快，其實歐洲各國並非全是如此，歐洲的民眾（特別是法國）不是那麼瘋手機，也不是人人掛在網上，他們繼續閱讀紙本書，歐洲的書店並未紛紛關閉、歐洲的作家和詩人都還生活得很好，也都有他們的尊嚴。所以我常想：創新，必非要揚棄傳統，閱讀代表一種品味；人，怎麼可以不讀書呢？生活非要那麼急就章嗎？慢慢來，慢慢走，閱讀就是要有一顆緩慢的心。包括寫信，現在連郵局都收不到信，只有印刷品。學校，至少文學院的同學應提倡每個月寫一封信。是的，男同學和女同學偶爾寫寫信，也是一種思古之幽情啊！

我們有時不必跟著流行的方向，偶爾也應思索反方向……我聽說作家張曼娟，她成立一個「張曼娟小學堂」，教孩子們讀經，讀四書、五經和唐詩、宋詞，聽說爆滿。還聽說後面排隊等的人不少。可見現在家長已經警覺到：乖乖！我的孩子是一個中國人，但白字連篇，寫一個句子也不會，家長多少開始緊張啦！

世界上的事情，你不要只追逐熱門，因為等到你進入那扇熱門，可能後來變成冷門了；或許反而該從冷門著手。這世界上的事很有意思，冷門的一定會變熱門，熱門的一定會變冷門。所以我認為還是隨著自己的興趣，跟著自己的喜好，一以貫之的堅持到後來，總有一天，我相信會被你走出一番天地來，就算沒有怎樣，你自己也高興。我在這個行業裡面就是快樂，這一輩子最開心的事，就是永遠與書為伍。

回過頭來說我寫詩，也是因為接觸，一個不會寫詩的人，有一天也寫起詩來。我五十七歲才寫詩。說來，最快樂的就是這十年。十年來出版業績大幅下降。世界上的許多事，我常跟朋友講，你就換一個角度想，如果出版業從一九八八年到現在，仍然業績一直往高衝，仍然像往年一樣居高不下，世上就不會有我這個詩人。生意做不完，我要天天忙著替作家送版稅，作家拿了版稅有時會請我吃飯，太忙了。我怎麼可能寫詩？

一九八八年後文學書慢慢冷下來，從順境走向逆境，心情鬱悶，現在大家流行生個憂鬱症、得個躁鬱症，我也有一點這樣的傾向，那時幸虧詩幫了大忙，我開始寫詩。如果有些牢騷、有些不滿、有些……就把它寫在我的詩裡。於是十年裡寫了四本詩集，這真是無心插柳。

第一本詩集《法式裸睡》，出版不久，由於寫詩上癮，不久又出版《一天裏的戲碼》，然後是《生命曠野》，接著是《詩歌舖》。最後寫著寫著，發生了奇蹟！在美國耶魯大學執教的孫康宜教授，慶明兄也認識。她上課主要教外國人賞析唐詩、宋詞、中國古典詩，她有的時候收到我的贈書，偶爾為了讓學生換換口味，開始教些我送給她的詩集。

想不到引起班上一位叫唐文俊學生的好感，他就不停地問孫康宜教授：「這個人是什麼人？」之後孫教授對我說：「我班上有個學生對你的詩頗感興趣。」我就繼續出一本送一本。送完四本詩集，想不到唐文俊默默地翻譯我的詩，他把四本詩集中選譯成一本 *Seven Kinds of*

Hiding（七種隱藏）英譯本。這個人在臺大讀過中文。他中文一流，為我的書寫了一篇英文序和一篇中文序。

耶魯大學有一個遠東出版社，專門出版東方的書，書譯出來後，他們就很想用這本書變成耶魯大學東方語文的教材，經過無數次的努力和討論，最後以一票之差功敗垂成。但我仍感榮幸，在我寫詩的故事裡，增添了一段如此奇特的經歷。

你看我寫寫寫，寫出這麼一本天上掉下來的禮物。所以人生有時真有意外收穫。我自己也覺得後來寫日記、寫詩，使我的文字比二十年前靈活，顯然是經過現代詩的洗禮哦。

今天，柯教授又講了我最高興的一件事：剛剛來學校之前，我的長篇小說終於出版。爾雅每年出二十種書，三十一年如一日，好的時候出版二十種，書銷不好也出二十種。因為我只有一個我自己，爾雅也只有區區七個人，但麻雀雖小五臟俱全。我是從一個人做起，兩個人、三個人，到了七個人，我就掐住了，如果這個出版社再大的話，我管不住，我只能管七個人。爾雅的編制，編輯部兩個人，自己除了是出版社負責人，也兼總編輯，只用一個編輯，所謂編輯部，僅我們兩個人，一年要做二十種書。每一個月要編出一本半的書。此外有一位會計、一位出納，為什麼小小出版社管錢要兩個人呢？因為錢不出問題就是一個人管帳、一個人管錢。你們將來開公司要記得，不要讓一個人管帳又管錢，一定亂，人性比較難於接受誘惑，看到錢就會亂用。每一個禮拜雙方都要對帳。然後三個人把我們兩個編輯做出來的書往外發，這個就是發行部。

最後講些自己最高興的事。我活到如今，七十歲了……到現在，寫了各類作品，從短篇小說、散文、評論、小品文、詩，什麼都寫了，卻始終沒有一本長篇小說。在寫作圈裡，你想得到「作家」這個頭銜，如果沒有一部長篇，總是一項缺憾——我只在年輕時候出過幾本短篇小說，如今年紀大了，自己要求很寬。年輕時自我要求很嚴厲，我是一個行動派，會做那麼多事就因自制力很強，我是O型，O型的人非常克制，每天自己盯住，腦筋會告訴自己要做什麼事，我每天都寫一二三四五六七八九十……好像一天至少要完成十件事。沒做的移到明天。我是這樣在過日子，所以很不放鬆。

我對自己說：「還有一部長篇，一定要在民國一〇〇年前完成。」沒想到這個夢想提前四年就實現了，今年元旦開始寫，只費我八個月就大功告成，大出自己意料之外。書在今天來之前剛剛送到，所以順手取了一本送給柯教授。假如你們對我的長篇有興趣，請捧場買一本（笑聲，隱地羞澀的笑了）。

話說到這地步，有點自我炫耀，但我要講的無非是：如果同學身上有一點文學細胞、有一些文學愛好，整個社會瀰漫著要去做科技人、要去做企業家、要去做醫生，好像沒有人告訴大家說文學這條路值得我們走。然而我卻要現身說法，告訴各位，只因我從小喜歡看書，也能走出一片我的文學天地。

這片文學園地，讓我覺得自己很豐富。

寫了這麼多書，有我的許多老讀者，也經常聽到：「哎呀，我小時候都看你的書啊！」當然更高興聽到：「嗨！我正在看你的書！」表示這是我現在的讀者。可惜我聽到的多半是過去的讀者，我的讀者也都老了。

不知何故，即使看文學書大家也都看西方的，拜託各位同學，你們現在是臺灣大學文學研究所的學生，請從諸位開始，想辦法人人登高一呼。並不是說不要看西洋，讀文學的那個人可以不接受西方經典？但是我們自己老祖宗的典籍也是寶貝，現當代作家的作品亦偶爾該涉獵，這樣整個上下古今多做比較才能掌握全面。我很擔憂一種現象發生：就是我們的國劇早已沒有欣賞者，我們「國書」（它是書，我們就叫它「國書」，國人寫的書嘛！）希望不要接在國劇、國樂、國片之後逐漸消失。現在「國書」明顯在消退中，曾經你看梁實秋、陳之藩、琦君、王鼎鈞、子敏、曉風，都是擁有過幾十萬讀者的，現在他們開始面臨兩千本書都不容易賣掉，這是一個……不知道什麼原因，整體板塊在往下掉，而這是一種可憂現象。

說來，臺灣五十年來文學作品的成果是豐富而令人驕傲的，從老作家到年輕作家。我本來的夢想要去開一家文學書店，現在我們有一個「爾雅書房」，有時北一女某一個班級的同學來，只要跟她們談談任何一位作家、任何一本書，噢，發現同學們都好喜歡，馬上當下就在「爾雅書房」抓這本、抓那本，幾乎想把每本書都買回去。可見還是需要推手，而不應大家都好像不關心學生的閱讀。

文學、美學、音樂、電影都是人生最美好的區塊，如果臺灣將來忽視這方面的發展，太可惜了！政治的板塊太大，我們應把它慢慢移到文學、藝術、音樂……這些是春光，是柳絲，是人人心中柔軟的一塊，多好啊！臺灣什麼時候被政治操弄得以至於人心都變硬、變黑了，我們的社會原本小而美，精神生活一向豐沛、飽滿，回到善美的文學藝術吧，做自己有興趣的事，出版業代表的是社會的文明面向，臺灣不能只有沉淪的一面，臺灣一定要有光明的一面！

柯慶明教授：

剛才聽隱地先生講話，有頗多的感觸。我跟隱地先生，一方面兩個人同姓，然後有人又發現我們兩個的筆名好像可以成對——一個「隱地」，一個「黑野」。然後他剛才最後的呼籲，就讓我想到另外一個研究臺灣文學的朋友馬漢茂，我對馬漢茂最後的、重要的一個回憶是：他有一次從德國來看我，剛好我的小孩要去看一場電影，所以我們就兩個大人帶一個小孩去看一場小孩電影，後來我們覺得那一場電影對我們來講，意義也很深長。

那場電影叫作The Never Ending Story，其實是講一個童話裡頭或者是神話裡的一個世界，突然發現被虛空侵入，所有的東西通通都開始崩壞，然後要靠讀那個故事的那一位讀者重新進到那個世界裡頭去，變成主角去想辦法拯救那個世界，然後終於把它拯救完成。所以我就想，其實隱地先生取的筆名很好，「隱地」，不必擔心，那是The Never Ending Story，雖然有虛空進來，但是那個地方還是在那兒。

其實隱地先生所做的許多事情，當中還有一件……他當然因為事情太多所以就沒有特別地提到，可是對我們來講一直是非常感激的，就是他曾經出版過一套純學術性的期刊叫作《文學評論》。

為什麼會出版《文學評論》呢？因為在當時所謂的鄉土文學論戰的第一段，一些比較接近左翼的人批判當時做純粹文學創作的人。其中一個重要的人士姚一葦先生，他本來是《文學季刊》時代一個很重要的編輯，結果當《文學季刊》走向比較激進的《文季》的時候，他就被掃地出門。然後他很悲憤，他說：「我寫作品要受這樣的批判，那我不寫可以吧！但是我至少要做文學研究。」所以當時姚一葦先生就找了我、中文系的葉慶炳先生、外文系的侯健先生，加上楊牧、葉維廉，我們幾個人創辦了一個刊物叫作《文學評論》，而當時唯一肯幫我們出版這本《文學評論》的就是隱地先生。我是從那個時候才對他比較深刻地瞭解。

由於這個學期我實在被太多外務拉扯得厲害，所以雖然我們很重視這個系列的演講，但我還是有些精神不繼，忘了一個很重要的事情，還好我及時想起來。在我們這個系列演講一定要請作家唸自己的作品，可是我竟然忽略了事先聯絡，所以未將隱地作品印出來。還好，我為隱地先生找出了他寫的〈十句話〉，現在就請隱地唸一下。

很抱歉事先沒有給大家印出來，不過將來我們做成光碟的時候，那些字句都會在上面。這是我們這一系列很重要的一個構想——保存作家讀自己作品的聲音。

隱地：

謝謝慶明兄剛才說起的一段往事；不過，當年和臺大中文系合作出版《文學評論》，還是透過洪建全基金會和《書評書目》社長簡靜惠的支持，我個人是無能為力的。

最後還有一點時間，我就朗讀自己的〈十句話〉：

1

心中沒有愛，就會目中無人。

2

日子就像刀子，將生命一點一滴、一刀一痕地削掉。

3

隔一張紙，你就看不見；隔一道牆，你就聽不見。人要辨別真理，是那麼容易的嗎？

4

每一個城市都有人住著，每一條街都有人走著，當夜晚來臨，人們都點燃了燈。

世界本來是美好的，人們卻不只是唱著、說著、笑著，竟然吵著、鬧著、罵著、哭著……

5

看不起的人越多，生活的境界越低；
活到最後就只剩下一個孤獨的自我。

6

任何一個人，在群眾裡他是一個外在的我；面對自己，他又有一個內在的我。人的角色千變萬化，有時我們說謊，要不是耳朵聽到自己的聲音，誰肯相信自己也會說謊？

7

「人」真是一個絕字：一邊向左，一邊向右，一副分道揚鑣的樣子；偏又相連著，各說各話，各走各路，卻又息息相關。

「人」這麼一個簡單的字，竟包含著如此豐富的寓意，把人的榮耀、清明、至善和猜疑、狠毒、奸詐銜接得天衣無縫。有了這麼一個字，人，注定永世輪迴，歷史重複也就毫不足奇。

8

有人為理想而活，有人為興趣而活，有人為工作而活，有人為權力而活，有人為愛情而活，有人為色慾而活，有人為賭而活，有人為酒而活，有人只為求得溫飽而活，有人不為什麼而活，只因為還沒有死，也就必須活著。都是人，都活在這個世上，卻是神仙、老虎、狗。還有更多的人活得像海鷗、孔雀、蟑螂、蒼蠅、蚊子、螞蟻、壁虎、蛇、鼠、豬……

9

婚姻之外的所謂戀愛：男人屬於脫衣的戀愛，女人屬於穿衣的戀愛，這樣的戀愛並不可怕。可怕的是有一天：男人要的是穿衣的戀愛，而女人要的是脫衣的戀愛。

10

少年的時候想逃家，
青年的時候想成家，
中年的時候想離家，
老年的時候想回家。

柯慶明教授：

謝謝。底下時間我們開放給在座的同學或者是聽眾們問問題好了。有沒有人有問題？允元、栢青，你們都沒有什麼想問嗎？

隱地先生：

（等了一會，見無同學提問。）

我們那個年代就有不少像白先勇、柯慶明、尉天驄他們那樣有夢的文學人……年紀輕輕，就開始辦各種文學季刊，還有許多年輕詩人，都有他們自己的刊物。現在同學們好像都……同學們到底在忙些什麼？全都掛在網上嗎？為何看不到一個較有影響力的刊物。尤其像臺大，是最高學府，應該辦一份有特色的文學雜誌，不要像市面上花花綠綠，這雜誌該一出手就予人感覺：臺大同學辦的，果然不一樣。

這些年文壇一片沉寂，像《書評書目》這一類的刊物，一直等待不到。這麼多年，只有《文訊》雜誌很辛苦地在那裡撐著，但基本上因為負載了太多的責任，它要做好像各種文化面的報導。我們同學辦刊物，就是辦你自己想要說的話，把你對文壇、對詩壇、對小說、散文各種意見的聲音，傳達給大家。四年單是讀書，一晃就過去了，讀書是做學生最基本的責任，但是諸位此時此刻潛力無窮，你們絕對還有能力挖自己的這座金礦。

我要到二〇〇二年寫了這本六〇〇頁的日記才知道，每天寫一千字其實是非常容易的事，結果一年寫下來就有四十萬字。有了這樣的一年，終於知道每個人都太寬待自己了，好像覺得我今天累了，我要去玩、我要休息、我要睡覺，其實我們的體力還能做很多事。從那（二〇〇二）年開始給我一個覺醒，現在每一年都要做一些計畫。

有一年專門訓練自己寫短的，於是有了《隱地兩百擊》；一篇限定用兩百字左右。就是剛剛講的，每天寫一些，短短的兩百字。去（二〇〇五）年改寫長篇小說。我覺得人，首先你要有一個意念，覺得想做什麼，後面才有動力。新的一年就要開始了，各位同學應該對自己說：「二〇〇七年我要做點什麼事。」看你們能不能二〇〇七年幾個同學去開開會，臺大能冒出一本怎麼樣的批評性刊物，把對這個社會各種意見表達出來。多麼難能可貴，而不只是現在好像愛好文學的，就只是去參加一個文學獎，參加的目的呢？又好像只是為了得一筆獎金，得了那筆獎金只為了到外面去玩一玩，平常就不寫稿，顯然整個本末倒置了。像「懷恩基金會」辦徵文竟然只要寫兩千字就有十萬元獎金，這世界似乎一切予人太容易了，社會上這麼多的獎，可是始終沒有真正出現引人注目的作家……

我們做學生的七〇年代，有很多同人刊物、年輕人辦的刊物，當年根本沒有稿費，包括白先勇，他爸爸送給他一棟房子，他硬是把那棟房子賣掉辦《現代文學》，他賠掉一棟房子，要不是《現代文學》那份雜誌，敦化南路那棟房子現在還是他的，白先勇也可以做包租公！但是我仍然代白先勇認為，我想他也認為值得，翻開《現代文學》，所有《臺北人》早期的小說，都出現在他自己的刊物上，你看多麼值得！那一棟房子最後是會倒的，而《臺北人》永遠會傳世下去。

所以同學真該思考這些問題，若三、五人成為好朋友，組成一個小小團隊，就像我們當年編「年度小說選」，我們一樣年輕，我們用很少的錢，但我們把一個理想實現了，把一套書編出來了，且持續了三十一年，人的一生能做一些事，是很有意義的！同學之間若有共同愛好，一定要互相打氣，有的時候要說：「我寫一首詩，你看看！」你也寫一首，相互激勵。這樣你們的生命就很充實。

我年輕時，同學古橋，他在《中央日報》發表一篇稿件，我馬上就到《聯合報》去登一篇。但是很奇怪，我們互相投對方的報紙副刊都投不進，我投「中副」就是被退、他投「聯副」照樣被退，可我們就是互不信邪，明知投「聯副」會用，我還是去試「中副」，終於登出來一次，啊，高興得不得了！人，就是越認為不可能，就越要去試，有競爭心和進取精神是很好的。

少子化的年代，各位同學因為你們家都只有一個、兩個孩子，爸媽都把你們當寶貝，我們那個年代，每家孩子都是十個八個，像野孩子，爸媽不管，一切靠我們自己，若走不出一條路來，別人不會幫助你！

當我講這些，同學也許會笑我ＬＫＫ，跟現在年輕人脫節了，你們說：「我現在也不是像你說的那麼順……我們有好多好多壓力！」但是你們可以的，因為年輕，還可以給自己一些壓力，我相信是可以的。不然人生很快衰老，我的長篇小說引了自己的兩句詩：「生命是一場驟雨，青春像一張落葉。」多快，誰肯相信自己一下子就變成落葉，馬上就要掉了哦。但是我仍然認為：生命是過程，在沒有成為落葉之前，這一片葉子仍然要發揮它該發揮的作用！

柯慶明教授：

有一件事情可能提醒了我。我們在臺文所的網站上面有兩個特別的區塊，一個是所謂「研究論壇」，還有一個是「創意空間」，分別刊載同學批評的文字跟他們創作的文字。雖然掛在網上很方便，但是也許我們應該把它列印成紙本，當作一個小型的雜誌來出版。這倒謝謝隱地提醒我。其實我們在座的同學，幾乎每個人都是一隻手寫創作，一隻手寫評論，我覺得我們還是很有希望。所以可以「隱」，但是「地」是在的。

今天非常非常感謝隱地先生，我想其實他等於是幫我們把這幾十年，一些很重要的、文壇上一些以他為中心的相關發展，做了一個總介紹。我們也看到文學的形成，其實很多人都像隱地那樣在默默付出，事實也支撐了很多文壇上極豐富的表現。讓我們用熱烈掌聲，感謝隱地先生對我們熱情的演講，謝謝。

爾雅出版社的二〇一九年

進入二〇一九年，爾雅即將創社四十四周年。曾經盛唐的爾雅，如今榮景不再，身為創辦人的我，心情當然沉重，但也視為必然。地球是圓的，好運、歹運遲早都會輪到，只是書店消失如此之快，一時還是難以面對。

從一九七五創社到二〇一五年，四十年爾雅每年有計畫出書二十種，可謂腳步穩健，但二〇一六年起，面對冷颼颼的書市，爾雅再也無法逞強，於是一年出書減為十種，如今作家多，讀者少，經常得向作家致歉，無法接新稿，作家失望了，出版人的心情也一樣感到沮喪。

二〇一九年，或許因我自己剛完成「七十年的文壇大小事瑣記」，一時因身心俱疲突然想在連續忙碌了四十三年爾雅編務後稍事休息，所以成為我心目中「偷懶的一年」，這一年不作計畫，不列出書名單，但以我射手座O型的性格，不可能整整一年靜得下心，說不定過了冬天，又會有新點子跑出來，基本上十本書的名額仍會出足，至少詩人李長青的賞詩品詩論詩大作《詩田長青》已經在進行，我自己也要將四十年來《心上的作家》一書完成。作家是社會上的良心，一個社會若失去良心，這個國家幾乎沒有靈魂。

二〇一九年的爾雅，仍將是一家安靜的出版社，但在安靜中，我們永遠不會忘記當初創社時的初心——在有限的生命裡種一棵無限的文學樹。

親愛手握手機的朋友，能否偶爾改變習慣，選一本文學好書讀讀，希望你繼續愛紙愛筆愛文字，好書使人省思，把書當成朋友，一輩子不寂寞，心也踏實。

——原載二〇一九年二月號《文訊》（四〇〇期）

輯五

在疑惑與叩問之間

舊文新刊

《家變》與《龍天樓》

讀王文興《家變》（環宇出版社・一九七三年），不禁使我想起作者另一本書《龍天樓》（文星書店・一九六七年），以及筆者於五十五年四月寫的〈龍天樓讀後〉，我願意摘錄其中一部分：

這個刊於二十七期《現代文學》上的中篇，是歸國不久的王文興從民國五十三年五月開始執筆至五十四年十一月方纔脫稿的作品，它包括可以獨立的四個故事，是一篇完全以男性為主的小說。它成功地製造了懸疑，並且激發了我們內心的情緒。王文興以四個故事揭露了人生真相，不但完成了小說家的使命，同時也自然的展露了他埋藏著的才華和深厚的功力，特別是第一個故事，無論敘事技巧、氣氛的處理和帶殘酷性逼真的情感表達各方面，在在都使人為之刮目；然而可惜的是，就像有些只能粗看的女人一樣，《龍天樓》經不起細讀，更經不起分析，問題不在於它的主題與故事，而完全是在於它的文字。

臺大外文系畢業後到愛渥華讀文學創作的王文興，他對現代小說的理論和技巧，自然有相當研究；使人意外的是，他抓到了像《龍天樓》這麼好的題材卻未能適當地予以處理安排，追根究柢，我覺得王文興在文字使用上有欠斟酌，一般來說，用字最基本的原則首求正確，其次纔講求簡練純淨，王文興喜歡亂造詞彙，他的句子似乎很少推敲，想到就寫，固然因此而表露了「才氣」，但也不免使人有「粗糙」的感覺。

我並不主張保守，或永遠地一成不變。相反的，我反對目前部分毫不運用思想的作家，一味蹈故襲舊、拾人牙慧，一遍又一遍地使用著腐舊的陳腔爛調，而不肯推陳出新創造新穎而有意義的句子。但若要創新，必須有所依據，起碼也應該保持正確的原則，而王文興像是頗為懷念「東方」，他用彷彿是我國的章回小說文體來表達，所以在不知不覺中使用了「不數年」、「因是之故」、「無下刀處」等等半文不白的文字，同時，他的作品又夾雜了許多像「我得當心勿讓悲哀吞失了我的聲音」這樣歐化的句子，遂使我們覺得王文興的文字實在有點不倫不類，以本篇一開始那句：「日中的時候，市場的囂攘已汐退許多，是時宛如六月中蜂群飛去以後的蜂窩，只剩下三二隻嚐嚐的留在窩裡。」就是很典型的屬於王文興式的彆扭句子。接下來，他用了許多累贅的比喻與形容，反反覆覆地解釋說明，其實只告訴了我們：在市集的對街，有一座老舊的叫「龍天樓」的山西酒館。這開頭兩段讀者讀得吃力，作者寫得也未必輕鬆……

經過長達七、八年，王文興又有小說發表了（民國五十九年，志文出版社曾出版王文興的《玩具手槍》，惟《玩具手槍》一書除〈第三研究室手記〉外，均係舊作改寫），這一次，他的文字變得更加奇怪，已不能單用彆扭形容，我們必須很不客氣的說，它簡直已經變成錯誤和不通啦！

王文興為什麼會寫出這種怪異不通的文體，我想，這絕對和一個作家的觀念有關，王文興曾說：「我從來不聽別人的批評，……至少我覺得這裡的文學水準太低，假如我生活在一個文學水準很高的國家，或許我會接受別人的看法。」又說：「今後我國的作家，如欲達到夠格的水準，就必須向西方學習，思想和技巧一律學習。」（見五十八年七月號《純文學》思兼君〈對文學的態度〉一文）

對一個「從來不聽別人的批評」的小說家，如果再繼續對他的文章有所批評，實在也是自討沒趣，不過，當我聽到某大學教授說《家變》是「中國近代小說少數的傑作之一」以及某文學雜誌認為：「王文興先生大膽捨棄中國小說舊有之常規，另闢蹊徑，為中國現代小說創立一種嶄新的風格」之後，我覺得還是應該發出一些不同的聲音，因為，如今寫「詰屈聱牙」甚至錯誤不通的文字已經成了一股流風，許多年輕的模仿者，也都以能寫一些怪異文字就自以為是「天才」，影響所及，可能就積非成是。

今年五月十三日，經常在華副寫方塊的陳克環女士，寫了篇〈棄屋築巢〉，她在文內說道：有些作者故意製造一些與文法相悖的奇詞怪句，以求表現獨特的風格，有梁有架的房子不住，在樹上築巢，誠然是自由又奇特，終屬開倒車作風。

她又說：文學創作主要還是思想上的啟發，文字只是表達思想的一種工具。作者講求文字的美，如同廚師講求餐具的精美，同屬於美的追求。但是，將大部分心力花在創造新名詞和怪句法，以示與眾不同，那就像一個廚子光是在器皿上窮耍噱頭，用盤子盛湯，用湯匙裝菜，讓人忙個昏，卻難以飽腹一樣。若是希望饗人以美食，還當在烹飪上多下功夫才是。

說實在話，二百零九面的《家變》，從其中抽出任何一段，都像一個有才氣卻不知如何用適當文字加以表達的小學生的作文，任何一個國文老師看了，如果不用紅筆去改它一番，都會覺得沒有盡職。以下略舉一些組成《家變》待商榷的文句（如果要認真的找，這樣的句子每頁總有三、五句）：

(1)……他要找人聊下天，乃是他去了友人家。友人跟他許久不見，必留他同桌用飯，以是他晚飯未歸。（十一頁）

(2)他便開門閃出來告訴其母親。（十二頁）

(3)一點半時，他感覺也無妨去問下他的哥哥。雖則他深識父親去那兒可能性幾何。（十六頁）

(4)仍是他出來去公共電話亭。(十六頁)

(5)父親的缺點之中大概最令之感覺而察的缺點是，也是——應該說，父親其人的平日喜歡做勢扮演的戲劇化、戲劇化、戲劇化！(一八二頁)

(6)關之乎隔不久他應該再外去尋索他的父親的安排及計劃，這一個做兒子的他聽乎可以說都已經就要忘記掉了。(二〇〇頁)

(7)在這一個時候的平靜的該一段的時間的裡面……(二〇〇頁)

什麼叫「仍是他出來去公共電話亭」？什麼叫「在這一個時候的平靜的該一段的時間的裡面」？這樣怪異的句法，出自一向提倡文字「精省」的王文興手筆，真是不可思議，如果說這也是「一律向西方學習」的結果，我奉勸王君還是乾脆以英文創作算了，不要再來糟蹋我國的語言文字。

王文興喜歡顛倒用詞，把「困惑」寫成「惑困」(十一頁)；「著衣」寫成「衣著」(十四頁)；「身體」寫成「體身」(十五頁)；「懷想」寫成「想懷」(三十七頁)；「肌肉」寫成「肉肌」(五十一頁)；「希望」寫成「望希」(七十四頁)；「安靜」寫成「靜安」(九十四頁)；「發生」寫成「生發」(一〇〇頁)；「婦女」寫成「女婦」(一二〇頁)；「侮辱」寫成「辱侮」(一八七頁)；「蔬菜」寫成「菜蔬」(一八七頁)；「看待」寫成「待看」(一八八頁)；「相對」寫成「對相」(一九七頁)；「滋味」寫成「味滋」

（一九八頁）……也許福州人和本省人一樣，習慣把詞倒用，「人客」是「客人」；「風颱」是「颱風」……但不管如何，語言一旦變成文字，特別是寫給絕大多數講國語的讀者（王君的小說總不會只寫給福州人看的吧?!）閱讀，總該考慮大眾的習慣性。某教授說，《家變》的特色有三，其中之一是「文字精確」真是不知從何說起，如果認為「看待」變成「待看」也是文字精確，乾脆「教授」改成「授教」算啦！

歐陽子的〈論《家變》之結構形式與文字句法〉是幾篇連續出現的評《家變》比較客觀的評文，她不贊成初學寫作的人，拿王文興的風格作為典範——她說：「這是非常危險的，因為王文興的『缺點』極易模倣，但他用以補償——或企圖補償——這些缺點的種種特殊效果，卻是很難捕捉學得的。即使學到，用得一多，也就立刻喪失新鮮，失去功能。所以依我目前的看法，我還是希望王文興的風格，不但『空前』，而且『絕後』。」

我個人則認為王文興的《家變》如果確如歐陽子女士所說：《家變》之誕生，在自由中國現代文壇放出了一道難得的新鮮異彩；則起碼還須附帶一個條件——就是不寫白字，造字雖說沒有必要，至少代表是王文興自己的發明；文言單字混入白話句子，則起碼表示王文興學貫古今；慣用詞之倒置，若能注意詞性有無變換，意義有無走失，也未嘗不可偶爾運用，甚至主詞、動詞、與其他詞類為了強調什麼而重複出現；問題是最好這種重複是必要的，現在我們不必細究王文興式冗長、累贅的句子，重複得是否必要，但有一點無論如何也說不過去的就是白字、別字的一再出現；「興奮」寫成「欣奮」、「彷彿」寫成「恍彿」、「預備」寫成「豫備」……我們可以看出，顯然是王文興甚為得意的「創作」，但把「緘默」寫成「咸默」、「媽媽說她不認得路」寫成「媽媽說她不認的路」、「顫慄」寫成「擅慄」、「偏要」的「偏」，寫成「普偏」的「偏」、興致的「致」寫成細緻的「緻」、「嗣後」寫成「伺後」、「譬如」寫成「僻如」、「挫折」寫成「措折」……就很難使人明白王君的葫蘆裡在賣什麼藥，老實說，就算變魔術，也要熟能生巧，若生手生腳，讓人看出了破綻，也會使人喪失信心，王文興要是想發揮西洋文學技巧，把所學的十八般武藝全部耍出來，奉勸王文興，要緊的是先買一本《說文解字》，把每個字的正確用法，弄得清清楚楚之後，再來標新立異，樹立所謂的獨特風格吧！

歐陽子說，王文興企圖以冗長迂迴的句子，象徵范曄心中對父母的感情糾葛與牽絆，以及他那愈積愈重，欲擺脫而不能的自囿心情。還有人說，王文興句子怪的地方，都是使用在描寫部分，對話還是很口語化的，以上兩點，似是而非，如果你仔細「苦讀」會發現《家變》中的人物，不光是形容范曄用冗長迂迴的句子，刻劃范父和范母的內心，何嘗不也一樣？至於對話，那一段不拗口？第九頁范曄對母親說話，用的全是歐式對白，日常生活裡，我們從來不曾這樣說話，就是搬到舞台上，請天才的演員複誦一遍，我想，聽起來皮膚還是會禁不住跳舞。

最最奇怪的一段是，寫范曄和他哥哥去看歷史劇《岳飛》，舞台上岳飛和他夫人的對話也十分「王文興化」：

「夫人，」停片頃，儲正偉（飾岳飛）說：「固是我又得立即啟行，但大宋江山需要我去捍衛——我得受膺赴命，我深覺是我的無上光榮——。而今國家多難，我中華青年該得精忠報國，我能夠得願以償，實實是我至大的快慰。」

短短不過八十多個字，就用了八個「我」，真是患了「我」字症！而「固是我又得立即啟行」到底講的是哪國話？

在《龍天樓》裡，王文興只把「營營」創造為「嚶嚶」，其他很少造字，然而《家變》裡，王文興真的像是倉頡第二，遺憾的是，大多數所謂造字，只在原來的字上加個口，如啪、啵、嚯、啪、嘆、嘍、嘔、嗝、咯、嚛、呶、嗬，真正有獨創性的並不多，另一位近年來亦頗熱衷於「棄屋築巢」且自謂批評於他刀槍不入的小說家，也一向主張造字，問題是，他到底造了一些什麼有價值的新字？也許是一種偏見，我個人覺得一個小說家能夠把普通字典上的一萬二千多字識得就足夠了，說老祖宗造的字不夠用，真是笑話！比較深奧一點的字典上單字就有三萬餘，寫什麼偉大的作品，三萬個單字還不夠用?真要造字，自有文字學家，小說家能夠不寫白字不寫錯字就已經阿彌陀佛了，我看，造字還是慢一步，先多認幾個生字吧！

王文興若是說：不是我寫別字或白字，而是我用的那個字比原來的更好更合乎我的需要——如果真是那麼自以為是，我們還有什麼好說?!

（後記）看到一卷二期的《中外文學》上的「家變座談會」，子于先生說：「哦！文來了一個！」接著他說：「像黃春明、王禎和可以說全是一套新的各自的語言。」很容易使人誤會王文興的《家變》和黃春明、王禎和的小說是同一類型，其實，黃春明的小說極少怪異詞句，至於王禎和，甚至真正「空前」的七等生，固然文體奇特，然而，都還有源頭可尋，也就是說變中自有法則，而王文興的變，特別是《家變》中的「文字變」，已無源頭可尋。亂得使人心慌。

最後我要聲明一點的是，王文興的《家變》，並非一無可取，優點部分歐陽子已說得十分明白（大部分還略顯誇大），我這兒不表苟同的是王君的文字，所有《家變》中的

「文字變」，我大概只能勉強接受十分之三，另外十分之七，我看應該送到文章病院徹底開刀治療。

——原載《書評書目》第六期（一九七三・七・一）

附錄

豈是雕蟲小技

郭明福

隱地《美夢成真》書中輯五「在疑惑與叩問之間」，是篇針對王文興小說《家變》與《龍天樓》的評論，尤其對王文興文字的彆扭、怪異、拗口，甚至不通，有非常直白的分析和批評，這讓我也想談談文字於寫作者的重要性。

以王文興臺大畢業及曾留美背景，用通順文字創作不是難事，而其大量造新詞怪句，故意以詰屈聱牙甚或文法不通的文字來考驗讀者耐性，是要證明其作品「奇崛獨特」，既是「只有此家」，更是「前無古人」。而若照有些評論家把《家變》當聖經膜拜，即使《背海的人》、《剪翼史》那麼難看難懂都不敢吭聲，顯然王文興的「險棋」是走對了！

然則像王文興這類作家堅持自己的創作模式是一回事，但正確、適切，甚或巧妙運用文字又是一回事。

以中文寫作的人，不一定要鑽研文字學、聲韻學或訓詁學，也不必精細到知道任何字屬於象形、指事、會意、形聲、轉注、假借中的哪一類，但在敘事、描景、狀物、抒情、寫人等諸般情境中，至少明白什麼語詞可以用，什麼語詞不恰當，亦即「妥適」是基本水準。先達到「妥適」，然後才有「深刻」或「雋永」，當衍生了令人著迷深思的質素，就文字不僅是文字，它是一朵花、一道虹、一片海，一個天堂，整個宇宙……

所以，將字詞作精確合理的排列組合，是寫作者基本該具備的能力。而倘如寫作者自以為天分高，下筆不知收放，隨興胡扯，前言不對後語也不在乎；又或是自恃學歷高，把遣詞用句當枝微末節，甚至違背法則原理，橫空造連上帝也讀不懂的新字新詞，且這些怪現象若無人敢質疑，則讀者就常有機會被不知所云的「文字垃圾」，或是假惺惺故作姿態的「文學贗品」所荼毒！

作家創作目的是用來跟讀者對話的，不是用來欺負欺騙讀者的，因此平常要多閱讀勤推敲，不可以「錘字鍊句是雕蟲小技」為藉口，以掩飾自己的偷懶不長進。

於寫作者言，有好文字才有生命力飽滿的好作品，才足以承載各類題材，讀者接觸其作品，才真增加靈魂重量。

關於本文作者

郭明福，臺灣屏東人，一九五三年生，東吳大學中文系畢業，著有散文集《溪鄉鴻影》、《年華無聲》（爾雅），書評集《琳瑯書滿目》（爾雅）。

輯六

在鏡子與領悟之間

鏡子

看不見自己，於是有人發明鏡子。

世界上多的是自戀狂，有了鏡子之後，自戀的人喜不自勝，攬鏡自照，越發喜歡自己，早也照，晚也照，穿起不同的衣服照，脫光了衣服仍然要不時的照，自憐自艾，自戀到了幾乎令人發噱的地步。

自戀者最好隨時隨地能看到自己，只要發現鏡子，一定左看右看，上看下看，臉上可有光澤，頭髮是否亂了，衣服上可有灰塵，一切都滿意了，甚至對鏡子微微一笑，然後面對人群。

和自戀者相反的是，另有一種討厭鏡子的人；不喜歡照鏡子也就罷了，居然把鏡子當成世界上第一號大敵人。

只是正常的人，不會特別喜歡和厭惡鏡子。鏡子只是人世間的一面靜物，它會讓你看到自己，偶爾在鏡子裡和自己打個照面，說聲哈囉，增添一些生活情趣。整天和鏡子裡的自己說話，甚至從早到晚不停地看著鏡子裡的自己，這樣的人，一定是精神狀況出了問題；至於見了鏡子就閃躲的人，或者看見鏡子就想將鏡子擊破，人生至此，大概去日無多。不過鏡子也有靈魂，它從年輕的時候就陪伴著主人，讓主人看見自己青春煥發的臉，讓主人看見自己曲線玲瓏的美好身材，現在主人老了，鏡子深知主人心情，聽見主人的腳步聲，鏡子跑得比誰都快，它就是不願讓自己和主人打照面。有一天，風姑娘來拜訪，趁著風姑娘的狂笑，它借力使力自殘了斷，主人看到鏡面破碎了，就不必再費力氣謀殺它，從此主人很自在的在黑屋子裡游走，過著還算平靜的晚年生活。

鏡子其實也受不了天天來看它的人，左照右照，有什麼好照的？你就是你，我就是我，我讓你看到了自己，看完了就應該去工作、去玩，而不是繼續看你自己。

愛照鏡子的人可以去做美容師或設計師，表面上為別人美容或替對方設計髮型，在洗髮剪髮燙髮或染髮之間，設計師和美容師幾乎天天在鏡子裡看著自己。看著看著，有一個設計師終於走進了鏡子，啊，鏡子裡的世界原來全是裸體的，每一個裸體的人都在照鏡子，鏡子國的人不吃飯不睡覺也不做愛，男人和女人見了面只是快樂的微笑，像跳舞般的轉一個圈子，彼此又去尋找另一面鏡子。「照鏡子就是我們全部的生活！」尋找鏡子，之後微笑的看著鏡子裡的自己。每一個鏡子國的國民快樂得不得了，只有鏡子照著他們，鏡子國的國民永不衰老，所以他們熱愛裸體。他們看見一個穿著衣服撞進他們

〈大地之鏡〉

國度的人大為吃驚，全部圍了過來，讓設計師嚇出一身汗，原來他一恍神竟睡了過去，理髮店的客人忍不住抱怨：「天啊，你怎麼亂剪我的頭髮，你在作夢嗎？」

照鏡子的確就是作夢，且是一種惡夢。明明照著鏡子的是美少女和美少年，怎麼照著照著，鏡中出現了老婦人和老頭子，老的連脖子的肉都鬆了下來，你禁不住錯愕起來，你會相信鏡子裡的影像，真的就是你自己嗎？

——原載《中國時報》人間副刊（二〇〇八．四．二十一）

《野熊荒地》為臺北藝術大學教授張曉雄2009年在爾雅印行的自傳體散文集；〈大地之鏡〉攝影轉載自其 2007 年出版的《眾神的榮耀》彩色攝影集。

領悟

人一旦有了些年紀，就會發現親戚、朋友也都紛紛老了，於是病痛纏身，左邊右邊不停聽說誰摔了跤，誰進了醫院，好消息少，壞消息不斷。

忽然想到一句老話：「生老病死」。生和死之間竟然是兩個最讓人感覺無趣又無奈的字——「老」和「病」，老病，老病，人老跟著病就來了。

真的是這樣嗎？老人就像老樹，老樹雖有黃葉不時飄落，卻仍挺拔的活在天地之間；老人只要樂觀健朗，在六十五到九十五歲之間，仍有三十年逍遙快樂的日子，大可不必悲觀，要緊的是，老人要有自己的生活樂趣，所謂「游於藝」是也！

在「藝術」的天地裡嬉戲，或欣賞或創作，可說樂趣無窮，亦無止境，只要老人有自己想做的事、想忙的事，再加上生活經驗的體悟和讀書所得的智慧，理論上，一個講理的老人不會成天和家裡的晚輩吵鬧不休。老人在獨來獨往之間自有其人格品味，何況，一個智慧老人，必有自己的人生觀，就算有一天孤獨死去，他亦心無遺憾——我活過，我死了，人生自古如此——悲歡離合，我哭、我笑，就像大自然的雲雨雷電，有聲音、有亮光，風雲際會，陽光燦爛，月隱月現，多麼詩意！大地的過客，你到底還有什麼不滿意？

人生路上當然有陷阱、有坎坷，但我們不是終於走了過來嗎？你應當慶幸，否則怎麼能稱為老人呢？老人是人中之寶。所有活過六十五歲已被稱為老人的人，都應舉雙手歡呼，啊，以往人生的磨難我都忍受過來了，曾經吃過的苦，受人欺侮或遭人歧視，這一切一切不愉快的記憶，都過去了，如今我終於成為老人，存了一些辛苦賺來的錢，我有自己的喜好，往後可以過過自己喜歡的生活，再不必每天上班下班，我退休了，現在的我屬於自己，可以在家裡閒閒地坐著，也可以到外面遊山玩水，更可以和老朋友聚聚，談往事說古今，啊，人生還有什麼比眼前更好的，何況，回憶從前，我生命中也充滿歡喜讚嘆的美事和樂事……

我還看過無數深度廣度讓人思索的電影，電影和書讓我忘憂，讓我充實，讓我成長。更豐富我的生命。小我的生命之外還能體會萬萬千千大我的人生，電影和書，給了我另一雙眼睛，而我的一顆心也因此變得柔淨了。

忘不了喝咖啡的快樂。每當心煩事雜的當兒，一杯咖啡讓我精神放鬆，甚至消除了暫時的頭痛，啊，還有茶，這世上有這麼多的人間寶貝，任我享受，所以，曾經我最喜歡到世界各國旅遊，只要一坐上飛機，空服員就會微笑的走過來問我：「Tea or Cof-

老的另一面

人是這麼容易老，所以更要積極的活！

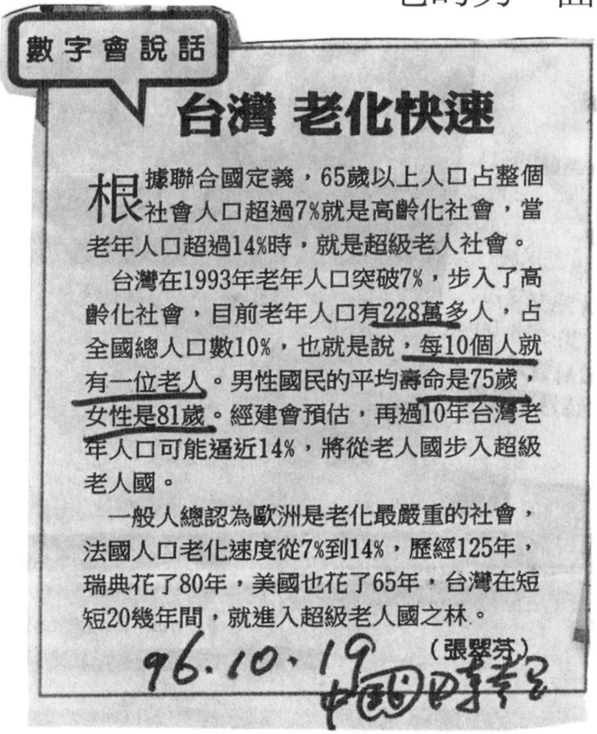

數字會說話

台灣 老化快速

根據聯合國定義，65歲以上人口占整個社會人口超過7%就是高齡化社會，當老年人口超過14%時，就是超級老人社會。

台灣在1993年老年人口突破7%，步入了高齡化社會，目前老年人口有228萬多人，占全國總人口數10%，也就是說，每10個人就有一位老人。男性國民的平均壽命是75歲，女性是81歲。經建會預估，再過10年台灣老年人口可能逼近14%，將從老人國步入超級老人國。

一般人總認為歐洲是老化最嚴重的社會，法國人口老化速度從7%到14%，歷經125年，瑞典花了80年，美國也花了65年，台灣在短短20幾年間，就進入超級老人國之林。

（張翠芬）

96.10.19 中國時報

fee」，我可以選擇，是的，選擇權在我。你看，只要發一個聲音，喜歡的美味飲料就已經端在你面前了。

人生還不夠美好嗎？那就選擇吃一顆糖，甜甜我們的嘴，也甜甜我們的心，所有人生的苦，還不能暫時忘記嗎？

在「生老病死」之間，人生還有許多其他美好，要多奧妙就有多奧妙，你當然知道，只是你一直要往人生的悲苦上面去不停的兜圈子，當然你就會忘了老年人生的許多快樂。

做個常常歡笑的老人吧，憂傷來襲，就抬頭看看窗外挺拔的老樹，老人一樣可以活出好風景！

——選自《我的眼睛》（二〇〇八·五·爾雅）

舊信

國立臺灣文學館研究典藏組鍾宜紋寄來兩封早年我寫給文友信的影印稿，徵詢同意，讓臺文館收藏；其中一封，是一九九五年十月十八日，寫給作家王家誠（一九三一—二〇一二）、趙雲（一九三三—二〇一四）夫婦的信，隔了二十四年，重讀自己當年給友人的信，有一種懷念和親切之情——懷念，是因為家誠兄和雲姊均已辭世，看到舊信，禁不住回憶起和他們夫婦從一九六四年相識到後來前後將近四十年的友情；親切，是看到九〇年代自己的筆跡，通常寫出去的信，從此再也不可能回到自己手中，怎麼如今應該在友人手中的信，又出現在我的眼前？

三〇—六〇年代出生的人，都屬於寫信的一代，尤其像我這樣的文藝青年，更是從小愛寫信；十幾歲就開始在報章雜誌上尋找筆友，入了文藝圈，越加寫不停，等到自己做了編輯，寫信幾乎成了我的工作，至於和小說家趙雲開始寫信，是由於一九六五年受到文星書店蕭孟能先生之託，要我提供邀稿名單，文星書店要編一套「青年作家選集」，

爾雅出版社
台北市郵政信箱30-190
郵政劃撥帳號◉0104925-1
社址◉台北市中正區廈門街113巷33之1號（一樓）
電話◉(02)365-4036／367-1021

家誠兄：
雪姐

久久沒有和您們聯繫，也就是一張網，現代都市人，想要有自己悠閒的生活，太不容易了。

謝謝家誠兄寄給我的繪畫回顧展大作，收到時就曾細細拜讀欣賞，今天再次欣賞一遍，終於知道這些年來您們的努力和成就。

我自己竟然寫起新詩來了，也是始料不及，奉上"法式裸睡"一冊詩請教正，也算是投桃報李（我還希望將有機會再送第二冊詩集給您們）

祝福

隱地 敬上 18/10

於是，趙雲、康芸薇、邵僩、張曉風、舒凡、江玲全是我不停寫信的對象；趙雲在文星出版的散文集《沉下去的月亮》，就是她的第一本書，也是我居中為她搭的一座文學之橋。認識趙雲之後，不久也和他的丈夫王家誠結緣，他們是臺灣師範大學的同學，趙雲是越南僑生，熱愛寫作；王家誠，遼寧遼陽人，一九四八年底來臺，和一九五七年來臺的趙雲，均因逃避戰火，在師大社教系和美術系相遇，兩人因寫作和畫畫的共同興趣而相知相惜，進而相戀、相愛而成為臺南府城知名的文壇夫妻檔。搬到臺南後，一九七九年，兩人在九歌出版社合出散文集《男孩、女孩和花》，此時仍然持續通信了一段時間，中間斷了聯繫，幾乎有十年之久沒有來往，一九九五年九月間，突然收到家誠兄寄來臺中臺灣省美術館出版的一大冊《王家誠繪畫回顧展》，那年剛好我開始寫詩，出了第一本詩集《法式裸睡》，尚在興奮期，所以，立即寄了一冊回報，並附回信一封，就是現在又回到我手中的這一封舊信。

二〇一九・六・十三

緣滅

就在和鼎公的合約到期，所有三十二種王鼎鈞的作品，將於今（二〇一九）年七月十三日，全面停止銷售前，接到永和鄧姓老先生來信，告訴我這樣一件事：

敬啟者：

最近我在永和圖書館看到王鼎鈞先生所寫《人生試金石》一書，裡面有一篇題目為〈拾到一隻歌〉的短文（第四十九頁），敘述〈不到黃河心不甘〉這首歌的歌詞。可惜他朋友給他的歌詞殘缺不全，有許多錯誤，王先生並稱曲調已失傳。我推測此歌至今已有八十多年歷史。

我來自東南亞，現八十多歲，當我在小學五年級時，哥哥為初中二年級。他在學校學會這首歌，回家後常練唱。因為歌詞簡單易學又好聽，我聽久後也會唱，歌詞如下，請轉交給王先生參考。

我不是音樂人，但略懂樂理，因此憑自己所知把曲調拼湊寫下，應有九成準確。

不到黃河心不甘

左邊有喲一座山，
右邊也有一座山，
一條江在兩座山間轉，
江水喊著要到黃河去，
啊……啊……啊……啊……
這裡碰壁轉一轉，
那裡碰壁彎一彎，
這裡碰壁轉一轉，
那裡碰壁彎一彎，
我們方向永不改，
不到黃河心不甘。

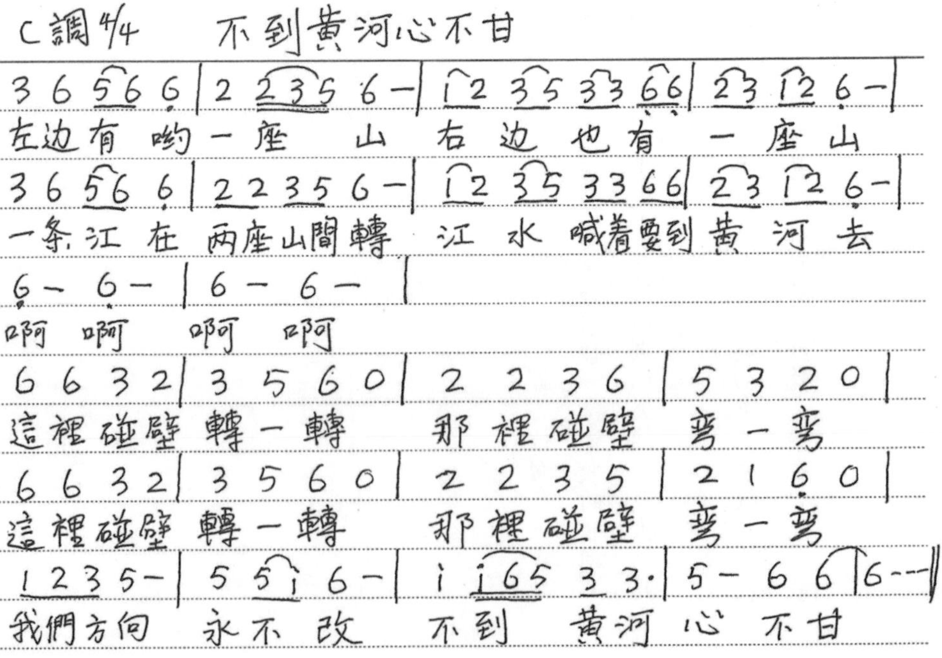

鼎公在《人生試金石》中〈拾到一隻歌〉的原文僅一九三字，原文如左：

這是一個朋友的習慣：它覺得別人所說的某一句話很有價值，就當場要求對方再說一遍。

一天，它聽見一人引吭高歌，歌聲雖然荒腔走板，可是歌詞很有意義，於是他要求唱歌的人合作，把歌詞記錄下來：「左邊一座山，右邊一座山，一條河穿過兩座山中間。左邊碰壁彎一彎，右邊碰壁彎一彎，不到黃河心不甘。」

好歌！可惜曲調已經「失傳」，歌詞，如果不是我寫在這裡，知道的人也不多了。

我立即將信轉寄到美國王府，希望鼎公讀到這封信。

其實和鼎公的合約二〇一七年七月十三日就到期了，鼎公寬厚，他雖已將許多著作轉到別的出版社出版，但知道爾雅倉庫裡仍有不少他未售出的存書，因此主動給予兩年延長期，希望爾雅儘速消化倉庫裡的存書。

就在我將自己的心境撫平如海上月光下寧靜的海面，這封陌生老者的來信，又讓我心底昇起絲絲漣漪。

船過水無痕，啊，波平如鏡的海啊，你在想些什麼？

還要唱〈不到黃河心不甘〉嗎？

二〇一九・六・十七

附註：

〈不到黃河心不甘〉，為三〇年代音樂家李凌（一九一三—二〇〇三）所寫之歌，廣東台山籍的李凌，曾於三〇—四〇年代創辦《新音樂》月刊，影響深遠。

2000・爾雅出版

附錄一

我讀《漲潮日》

彭麗琳

雖然距離文學讀書會開課的日子只剩下二、三天，但我已經迫不及待的想分享自己的讀後感。首先要感謝貴真老師引薦隱地先生的作品——《漲潮日》這本散文集，因為在此之前，孤陋寡聞的我只讀過隱地先生的現代詩，直到看了《漲潮日》，令我驚豔不已！原來隱地先生也是一位優秀的散文大家，他文筆充滿魅力，讓人會隨著文字的節奏，時而產生淡淡的憂傷，時而又想噗哧大笑，頗有黑色喜劇的張力，從小到大，經歷過許多旁人無法想像的困難和窘境，即使如此，隱地的文章帶著滿滿的正能量，他跳脫當事者的角色，對於自己成長的經歷，彷彿絲毫沒有在他心中留下任何不好的印記。

在那個物質缺乏的年代裡，有一餐沒一餐的困頓童年，隱地總是逆來順受。功成名就後，他說：「悲苦的童年往事，仍然夾雜著許多笑聲，逝去的日子回憶起來總是美好的。」（見〈餓〉頁五七）他徹徹底底的原諒了大時代的悲劇。

隱地優雅的面對人生的艱難困苦，放下一切仇恨不平的心，這是要何等的胸襟才能夠做到啊！

我認為《漲潮日》不但是眾多懷舊文學中的上上之選，也是力爭上游的自傳中的典範，值得讓更多的人看見。

關於本文作者

彭麗琳，曾就讀臺北市立師範專科二年制幼教科，文化大學傳播系，輔大兒童與家庭研究所一年、師大人類發展與家庭研究所三年，國立教育大學語文與創作學系——語文與教學研究所研究中。自二〇〇三年起擔任臺北縣幼兒園評鑑委員；二〇一三年，獲教育局指派赴新加坡考察學前教育，次年獲教育局指派赴歐洲考察；一生都在擔任學前教育老師，現已退休為樂齡志業推動者。

2019・爾雅出版

附錄二

另類史筆

——從《大人走了，小孩老了》說起

亮軒

隱地兄：見字如意，先跟您拜年，身體健康，事事順心。

這一本《大人走了，小孩老了》，便是書名，也深深的刻畫了我們共有的時代，事到如今，我們還真有滄海遺孤之感。

自古有「繫年」的寫法，中國所有「繫年」著作，應以董作賓先生的《殷曆譜》最為特殊，他以當初無人能識的甲骨文，把中國信史上推了三百多年。這一類的著作多不勝數，如丁文江的《梁任公先生年譜長編》，胡適的《丁文江的傳記》等等。

然而吾兄的「回到○○年代」到這一冊的《大人走了，小孩老了》，卻是獨樹一幟。歷代繫年體作品，大多以史筆自許，不作貶褒，更無個人性情。中國百餘年來屢受列強欺凌，但郭廷以的《百年日誌》也未曾透露個人之喜惡。如此史筆春秋，自有其得失，不在論列。然而吾兄之年代系列，不避個人性情，雖然大多與人為善，卻充滿了真性情，讀來彷彿與作者共同經驗了活生生的一個時代又一個時代，繁華歷盡，滄桑易老，至終竟有不勝凋零之感，讀吾兄之年代系列，也是在百感交集中體會到時代如片片落葉自空而降，撲面而過。也許有人以為我們可真是大時代的小人物，因而有此經歷，殊不知，便是如此之繫年繫月繫日的寫，也要耗去無數查考核對復加大量翻揀取捨的工夫，可無法只憑才氣便可一氣呵成。吾兄以史筆為基礎骨架，以文學筆法注入靈魂血淚，引領讀者重入現場，有史家之周延，有作家之性靈，歷史本質上就該血淚悲歡相互交融，吾兄之大作證實了另類的史筆，而且更足珍惜。

我們經同一時代中逐漸成長，目睹滄海桑田之變，今古情懷，家國之思，更兼以同一文化背景，讀吾兄大作，其中人物幾無不識，然而許多前輩先進之來龍去脈，向未深究，得展大作，得識其命運，作品及風骨，如此「補遺」，真是功德無量。

紙本書今後市場命運為何？未能妄望，如今吾輩之所為，未敢期望藏諸名山，唯有求其放心而已。記下大半世紀以來文壇寒來暑往、作品與人物，且以赤忱品賞月旦，便是如今未能撼動文化界與市場，此系列必屬傳世之作，吾兄之貢獻，亦當滿溢於文學之外。

燈下掩卷，沉思難眠，書此數紙，以報吾兄為吾等之辛勤，垂老之年，尚祈珍攝。

——原載《聯合報》副刊（二〇一九．三．二）

關於本文作者

亮軒，本名馬國光，祖籍遼寧金縣，一九四二年十月十日生於四川北碚，五歲來臺，成長迄今。國立藝專影劇科畢業，美國紐約布魯克林學院廣播電視研究所碩士，曾任中廣公司「早晨的公園」等節目主持人、製作人。亦曾擔任公視「空中張老師」、「兒福百寶箱」等節目主持人。曾任國立藝專廣播電視科主任，聯合報專欄組副主任，近三十年間，曾連續於各大報刊撰寫時評專欄。曾經為世新大學口語傳播系副教授，教授語言邏輯、修辭學、美學等課程。平生善烹調，喜翰墨，嗜讀如狂。曾獲中山文藝散文獎，吳魯芹散文推薦獎。

亮軒在爾雅的五本書

1991 年 3 月，時年 54 歲，作者留影於峇里島。（葉步榮攝）

後記

繼《大人走了，小孩老了》之後，如此快速又完成新書一本，自己也有些難以相信，原先，我說，二〇一九年是我休息的一年，偷懶的一年，所以開始整理舊物，希望理出一間乾淨的書房，理出一張清潔的書桌，沒想到，一旦打開舊櫥櫃、舊抽屜，突然，許多陳年舊報、舊剪貼簿全都出籠，許多意想不到的舊作一一出現，令我不可置信，出了這麼多書，竟然，年少時寫的許多稿件，曾經得獎的作品，都被我冷落了，真是不可思議啊，還有《書評書目》裡藏著評王文興《家變》的書評，為何從不敢放進我的書評集，顯然，年輕時候的我，比現在的我更有勇氣，啊，這些出土文物，讓我彷彿看到那個六〇和七〇年代騎著腳踏車的文藝青年，在臺北巷弄裡穿梭，重慶南路、衡陽路、博愛路、杭州南路、羅斯福路……都有我的影子，我竟然還得過小說比賽第二名，這些光榮事，為何會完全忘記？還有新生報實習記者的生活……往事如煙，如今經由這些舊作的復出，往事果然並不如煙，一絲絲的記憶又重新回到我的老腦袋，新鮮啊，真是新鮮，人過八十，還有少年情懷，真是感謝老天待我何其寬厚，以歡欣之情、鼓舞之心，出版我這冊意外的新書。

說來，這倒真像是我的對照記，羞辱與榮耀，老與少，瘦與胖，強與弱，明亮的眸子與昏花老眼，無限與有限，還有一切的得與失……人從生到死之間的路途，逃不出愛因斯坦的相對論。

謹以此書，紀念一個逝去的美好年代，以及那個走失的少年——我，一個曾經蒼白瘦弱的少年，相對於如今的老胖，啊，我驕傲的告訴自己，我也曾經瘦，是的，我曾經是一個瘦瘦的文弱書生！有些憂鬱風，還頗有幾絲詹姆斯狄恩的樣子，啊，本來，我就自稱詹姆斯・柯啊……

爾雅44周年社慶書，與《美夢成真》，七月二十日同步上市。

16.朋友都還在嗎？ ——《遺忘與備忘》續記	文學史話	二〇一〇年三月	爾雅
17.讀一首詩吧	讀詩筆記	二〇一〇年九月	爾雅
18.風雲舞山	詩	二〇一〇年十一月	爾雅
19.一日神	散　　文	二〇一一年二月	爾雅
20.一棟獨立的臺灣房屋及其他	散　　文	二〇一二年四月	爾雅

第六個十年（2013-2022）

1.2012／隱地（日記三書之2）	日　　記	二〇一三年二月	爾雅
2.生命中特殊的一年	隨　　筆	二〇一三年十一月	爾雅
3.出版圈圈夢	論　　述	二〇一四年十二月	爾雅
4.清晨的人	書　　話	二〇一五年四月	爾雅
5.隱地看電影	電影筆記	二〇一五年七月	爾雅
6.深夜的人	書　　話	二〇一五年十二月	爾雅
7.手機與西門慶（作品選之5）	書　　話	二〇一六年四月	爾雅
8.回到七〇年代 ——七〇年代的文藝風	文壇憶往	二〇一六年七月	爾雅
9.回到五〇年代 ——五〇年代的克難生活	文壇憶往	二〇一六年十月	爾雅
10.回到六〇年代 ——六〇年代的爬山精神	文壇憶往	二〇一七年二月	爾雅
11.回到八〇年代 ——八〇年代的流金歲月	文壇憶往	二〇一七年六月	爾雅
12.回到九〇年代 ——九〇年代的旅遊熱	文壇憶往	二〇一七年九月	爾雅
13.五十年臺灣文學記憶 ——年代五書盒裝	文壇憶往	二〇一七年十一月	爾雅
14.帶走一個時代的人 ——從李敖到周夢蝶	散文	二〇一八年七月	爾雅
15.大人走了，小孩老了 ——1949 中國人大災難　七十年	散文	二〇一九年二月	爾雅
16.美夢成真 ——對照記	散文	二〇一九年七月	爾雅

第四個十年（1993-2002）

1.翻轉的年代	散　文	一九九三年十二月	爾雅
2.出版心事	隨　筆	一九九四年六月	爾雅
3.法式裸睡	詩	一九九五年二月	爾雅
4.一天裏的戲碼	詩	一九九六年四月	爾雅
5.盪著鞦韆喝咖啡	散　文	一九九八年七月	爾雅
6.生命曠野	詩	二○○○年一月	爾雅
7.漲潮日	自　傳	二○○○年十月	爾雅
8.我的宗教我的廟	散　文	二○○一年七月	爾雅
9.詩歌舖	詩	二○○二年二月	爾雅

第五個十年（2003-2012）

1.2002／隱地（日記三書之1）	日　記	二○○三年六月	爾雅
2.自從有了書以後……	散　文	二○○三年七月	爾雅
3.人生十感	散　文	二○○四年五月	爾雅
4.隱地序跋	序　跋	二○○四年七月	古吳軒
5.十年詩選（作品選之1）	詩　選	二○○四年十月	爾雅
6.身體一艘船	散　文	二○○五年二月	爾雅
7.草的天堂（作品選之2）	散文選	二○○五年十月	爾雅
8.隱地二百擊	札　記	二○○六年元月	爾雅
9.敲門——爾雅三十光與塵	散　文	二○○六年三月	爾雅
10.風中陀螺（作品選之3）	長篇小說	二○○七年元月	爾雅
11.人啊人（作品選之4）——「人性三書」合集	哲理小品	二○○七年七月	爾雅
12.春天窗前的七十歲少年	散　文	二○○八年元月	爾雅
13.我的眼睛	隨　筆	二○○八年五月	爾雅
14.回頭	散　文	二○○九年元月	爾雅
15.遺忘與備忘——文學年記篇	文學史話	二○○九年十一月	爾雅

隱地書目

1952.5.10 刊出第一篇習作至今已
持續寫作六十七年兩個月十天。

第一個十年（1963-1972）

1.傘上傘下	小說・散文	一九六三年四月	先：皇冠
（1952-1963）	小說・散文	一九七九年四月	後：爾雅
2.幻想的男子	小　　說	一九七九年四月	後：爾雅
（一千個世界）	小　　說	一九六六年八月	先：文星
3.隱地看小說	評　　論	一九六七年九月	先：大江
	評　　論	一九七九年四月	後：爾雅
4.一個里程	雜　　文	一九六八年六月	華美
5.反芻集	讀書隨筆	一九七〇年十二月	大林

第二個十年（1973-1982）

1.快樂的讀書人	讀書隨筆	一九七五年十二月	爾雅
2.現代人生	小　　品	一九七六年十月	爾雅
3.歐遊隨筆	遊　　記	一九七六年十二月	爾雅
4.我的書名就叫書	隨　　筆	一九七八年十二月	爾雅
5.誰來幫助我	隨　　筆	一九八〇年七月	爾雅
6.碎心簷	中篇小說	一九八〇年十一月	爾雅
7.隱地自選集	選　　集	一九八二年十二月	黎明

第三個十年（1983-1992）

1.心的掙扎	哲理小品	一九八四年九月	爾雅
2.作家與書的故事	作家生活	一九八五年十一月	爾雅
3.人啊人	哲理小品	一九八七年三月	爾雅
4.眾生	哲理小品	一九八九年五月	爾雅
5.隱地極短篇	小 小 說	一九九〇年元月	爾雅
6.愛喝咖啡的人	散　　文	一九九二年二月	爾雅

請期待
2022 年
隱地的第三本日記

隱地說：《漲潮日》是我的縱切，而「日記三書」則是我的橫切面。

已出版的兩本日記，每本字數均在三十五萬字左右，等到第三本日記出版，單單日記，隱地就寫了近百萬字！

請期待，隱地第三本日記的完成！

國家圖書館出版品預行編目資料

美夢成真 ：對照記 / 隱地著. -- 初版. -- 臺北市：爾雅, 民 108.07
面； 公分. -- （爾雅叢書 ；666）

ISBN 978-957-639-636-6（平裝）

863.55 108010436

爾雅題字：王北岳　爾雅篆印：張慕漁　書名頁攝影：柯書林
有版權・翻印必究　封面設計：嚴君怡　序詩攝影：柯書品

美夢成真——對照記（爾雅叢書之666）

著　者：隱　地
校　對：隱　地・郭明福・彭碧君
發　行　人：柯青華
出版・發行：爾雅出版社有限公司
臺北郵政三〇—一九〇號信箱
臺北市中正區一〇〇八二
廈門街一一三巷三十三之一號一樓
電話：二三六五四〇三六　傳真：二三六五七〇四七
郵政劃撥：〇一〇四九二五—一
網址：http://www.elitebooks.com.tw
E-mail: elite113@ms12.hinet.net
法律顧問：蕭雄淋律師（北辰著作權事務所）
臺北市潮州街一一六號六樓
印　刷　者：欣佑彩色製版印刷股份有限公司
新北市中和區立德街二十六巷十七弄七號
二〇一九（民一〇八）年七月二十日初版
行政院新聞局版臺業字第〇二六五號
定價330元（如有破損或裝訂錯誤請寄回本社更換）

ISBN 978-957-639-636-6